ことのは文庫

小江戸・川越

# 神様のペットカフェ楓庵

大切なあなたに伝える、ありがとう。

友理 潤

MICRO MAGAZINE

Contents

# 目次

小江戸・川越

# 神様のペットカフェ楓庵

大切なあなたに伝える、ありがとう。

# プロローグ

「とおりゃんせ　とおりゃんせ〜」

小学生低学年とおぼしき女の子が、小さな口を大きく動かしながら歌い始めた。

梅雨の晴れ間の蒸し暑さも、空が茜色に染まる頃には一段落し、道行く人々の顔もやわらいでいる。

埼玉県内で屈指の観光地として知られる川越もまた同じだった。

蔵造りの建物が続くメインストリートから少し離れた三芳野神社の参道は、木々の合間から覗く夕日によってオレンジ色に染まり、その中を三つの影が本殿に向かってゆっくりと進んでいる。

「こ〜こはど〜この　細道じゃ〜」

女の子と手をつないだお母さんが細い声で続く。

二人が歌う『通りゃんせ』というわらべ歌の舞台は、この三芳野神社だという説がある。

女の子は、地元の高校で歴史の先生をしているお母さんからそのことを聞いたばかりだったのだ。

「天神さまの　細道じゃ～」

女の子はもうひとつの影の主に目をやりながら歌う。

だがその主から歌声が返ってくるはずはない。

なぜならチョコ色のトイプードルなのだから。

スキップするような軽い足取りで、くりっとした瞳を女の子に向けている。

その後も革のリードでつながれたトイプードルを相手に、女の子とお母さんの二人は息の合った歌を披露した。

「行きはよいよい　帰りはこわい～　こわいながらも　とお～りゃんせ　とおりゃんせ～」

そうして本殿の手前までやってきたところで、同じ歌詞を三回繰り返した合唱も終わった。

「ねえ、ママ。どうして『帰りはこわい』の？」

女の子がお母さんを見上げながら不思議そうな目を向ける。

お母さんは慈しむような優しい目で女の子を見つめながら、にこりと微笑んだ。

「ふふ。この神社の奥の森にはね。ずっと昔から神様がいて、悪い子がいないか見張っているからかもしれないわね」

そうお母さんが話している間に、女の子の興味はもう『通りゃんせ』の歌詞にはなかった。

「チョコ〜！　あははっ！」

境内の中を「チョコ」と呼ばれたトイプードルとともに駆けまわっている。

「こらっ、和美。あんまり走ると転ぶわよ。それにチョコはもう年なんだから、そんなに連れまわしたらばてちゃうわ」

困ったような顔でたしなめたお母さんは、ちらりと本殿の右手にある森に目を向けた。

彼女の目には映っていないが、森の奥には『楓庵』という、ちょっと不思議なペット同伴OKのカフェがある。

どこがどのように不思議なのか聞かれれば、どのグルメサイトにも載っていないのに、なぜか客足が途絶えないこと、と答えるかもしれない。でも、それ以上に大きな秘密が楓庵にはあるのだが……。

「ママ！　はやくこっち！」

女の子の甲高い声に、ハッとなったお母さんは、森から目を離した後、女の子とトイプードルの方へ小走りした。

「さあ、帰ってご飯にしましょう！」

「は〜い!!」

女の子が元気よく返すと、チョコも嬉しそうに尻尾を振る。

そして三人は並んできた道を引き返しはじめる。

彼女たちと入れ違うようにして、ひとりの若い女性が長い髪をなびかせながら、早足で本殿へ向かっていった。

その表情があまりに厳しかったため、お母さんは思わず振り返って、彼女の足取りを目で追った。

すると彼女は本殿ではなく、楓庵のある森へと消えていったではないか。

「お母さん、どうしたの？」

「え、あ、いや、なんでもないわ」

お母さんは再び視線を前に戻した。

空は紫色に変わりつつある。

暗くなる前に家に帰ろう、そう気持ちを切り替えたお母さんは、女の子の手をぎゅっと握って、大きく足を踏み出したのだった。


チリリン――。

木のドアが開くと同時に、来客を知らせる鈴が軽やかに鳴り響く。

楓庵の不思議を求めるお客様に違いない。

カフェのマスターは腰かけていた椅子からゆっくり立ち上がると、カウンターの中から声をあげた。

「いらっしゃい」

甘さと苦みが交じり合った色気のあるバリトンボイス。

その声色に負けないくらい甘い顔立ちをしたマスターの表情が、店に入ってきた若い女性を見て、少しだけ変わった。

「……おや？」

思わず驚きの声が漏れたのも無理はない。

お客様はおしなべてペットと一緒のはずなのに、彼女はたったひとりなのだから……。

どうしてだろう、と小首を傾げた彼に対し、彼女は可愛らしい童顔を歪めて、開口一番、こう告げてきたのだった。

「お願いです！　私をここで雇ってください！」

# 第一幕　あなたを守ると決めたから

私、関川美乃里にとって、今年は「厄年か⁉」と嘆きたくなるくらいに災難続きだった。

はじまりは年明け早々。大学三年の時から七年も付き合っていた同学年の彼氏に突然振られた。

きっかけは彼の浮気だった。

でもそれは今に始まったことではなかった。なんと付き合い始めてから二か月後には浮気をしていたのを、私は知っていたのだ。

『知ってるんだろ？　俺が浮気してること。どうして黙ったままなんだよ！　なぜ俺を責めないんだ⁉　おまえってさ。誰にでもいい顔するよな。言いたいことも何も言わずに。そんなに人から嫌われるのが嫌なのか？　もう限界なんだよ！　おまえが何を考えてるか分からないから！』

浮気をしている本人から「なぜ責めないのか？」と問いただされた挙句に振られるとい

うのも、なかなかレアだと思うの。

でも私のいけないところは、どんな理不尽なことをされようとも、他人に対して冷たくできないところだ。

『ごめんね。私、あなたの気持ちにぜんぜん気づけなくて……』

こうして私の方から頭を下げて、七年の恋はあっさりと終わりを告げた。

けれど災難はこれにとどまらなかった。

孤独なバレンタインデーが過ぎたすぐのある日。

『関川くん。ちょっといいかな』

事務員として勤めている広告代理店で、人事部長から呼び出されたかと思うと、開口一番こう告げられたのだ。

『近頃の不況で会社も困っていてね。そこで契約社員と事務系職種の正社員については、週休四日として、給与を三割カットすることにしたんだ。もちろんこの措置に納得がいかないなら仕方ない。多めに退職金は用意するし、転職先には良く言うことを約束しよう。ただね。できれば会社に残ってほしい』

いわゆるリストラというやつだ。

契約社員が全員辞め、私のような事務系の正社員もほとんど辞めてしまった。辞めなかったのは家族のいる男性社員ばかりで、彼らは営業や企画職に配置換えをすることで給与カットをまぬがれた。

しかし全員が配置換えしたら、膨大な事務作業を全員で兼務しなくてはならない。

私は同僚たちにその状況を押しつけるのは嫌だった。

いや、「だったら辞めます！」と辞表を叩きつける勇気がなかっただけかもしれない。

いずれにしても私は会社に残った。その結果、給料が減ったのに仕事は爆発的に増えるという、目も当てられない事態に陥ってしまったのである。

『美乃里は人が好すぎるのよ！　他人が困っている時は猪突猛進で怖いもの知らずで突っ走るくせに、いざ自分のこととなると何も言えなくなっちゃうんだから。言いたいことがあるなら、はっきり言わなきゃ損するよ!!』

元カレと同じようなことを、仲の良い同僚からも言われたけど、どうしても私にはできない。だからこう返すのが精いっぱいだった。

『私のことなら大丈夫だから！　みんなを助けるのが私の役目だしね！　ははは！』

私は人に嫌われたくないし、傷つけたくない。だから相手にはっきりと物事を言うことが怖い。それだけじゃない。喧嘩することですら嫌で、他人と仲を深めることができずにいる。

LINEの友達登録数はすごく多いけど、気軽に食事に誘える相手はひとりもいない。

孤独という二文字がいつも背中について回っていた。それを振り払いたくて、他人の前ではできる限り明るい笑顔で振舞うようにしている。
そのせいか周囲の人たちは私のことを「社交的」と考えているみたい。
けれど実際はそんなんじゃなくて、ただの臆病者なだけなのだ。
だから誰とも深い絆を結べていない。
次々と災難が降りかかっても、誰も手を差し伸べてくれないのだ——。
こんなことを考える時には、いつも高校三年になったばかりの春を思い出す。
病室のベッドで仰向けになっているのは、親友の綾香（あやか）。
彼女は苦しそうな声で言った。

——私、桜が見たい……。

あの時からだ。私が変わったのは。
あの時の『後悔』から、私は一歩も前に進めていないんだ——。

ゴールデンウイークが終わる頃には、金欠で生活がままならなくなった。
給与カット以降、副業は認められている。
そこで私はアルバイトをしようと決意した。

でもネットで調べるのではなく、好きな町で、好きなカフェの仕事を探したいと最初から決めていた。

そうして今日。

明るめの茶色に染めていた髪を黒に戻した私は、就活以来の白シャツ、黒のジャケットとスカートに身を包んで家を出た。

濃い目だった化粧も、できる限り薄くして、清楚な印象を心掛けたつもりだ。

この日は梅雨の晴れ間。一歩外を出ると、むわっと蒸し暑い。

思わず口元がへの字に曲がりそうになるのを、「ダメ、ダメ」と首を横に振り、無理やり笑顔を作って駅に向かう。

ひとり暮らしをしている埼玉県志木(しき)市から、下り電車に揺られること十分。

降り立ったのは、県内屈指の観光地——川越だった。

アルバイトくらい、すぐに見つかるだろう——そう高を括っていた私は、半日もしないうちに考えが甘かったと後悔することになる。

「はぁ……。もう嫌……」

駅前から延びる中央通りを何度も往復したけど、不景気の今、どこも新しい従業員なんて募集していない。とてもじゃないが「私をここで働かせてくれませんか？」なんて口にできる雰囲気じゃなかったし、そんな勇気もなかった。

少し足を延ばして川越七福神も巡ってみたものの、収穫はゼロ……。ちなみに川越七福神が祀られている神社は川越のあちこちに点在している。不快指数がマックスの日に徒歩で回るのは、今の私には少し無理があったようだ。

足は棒のようになり、手鏡を覗けばメイクも崩れている。

時刻は午後三時を回っている。よくよく考えたら、朝から何も食べていないな。

あ、そう言えば、この近くに、川越名物のお芋をパフェにして出してくれるカフェがあったはずだ。

そう思い立った私はスマホで場所を検索した。

「ええっと。『ＯＩＭＯ』って名前よね」

読み方は『オイモ』。そのネーミングの通りに、お芋のスイーツや料理を出してくれるらしい。

「お待たせしました！　当店自慢の『芋づくしパフェ』です！」

うなだれていた私の目の前に、でんと細長いグラスに入ったパフェが置かれる。

はっとなって顔をあげると、可愛らしい女の子がニコリと微笑みかけてくれた。

「ありがとう」

「いえ、どうぞごゆっくりお過ごしください！」

ああ、なんて気持ちがいいのだろう。まるでキンキンに冷えたサイダーをごくっと飲み干したような清涼感に包まれる。

このところの災難続きですっかり気が滅入っていたためか、笑顔を向けられただけでちょっと泣きそうになってしまう。

だが周囲にはたくさんのお客さんがいる。

こんなところで泣き出すわけにはいかないと思い直した私は、全長三十センチはあろうかというパフェに目を移した。

一番上には黄色のお芋アイスと焼き芋ペースト、それからお芋チップスが二枚立てられていて、紫芋餡のゴマ団子がごろりと並ぶ。その下はバニラアイスクリーム、グラノーラ、金色の大学芋、お芋のムースの順でぎっしりと詰まっている。

さすが千三百円もするだけあって、とても凝っているわ。

このままアルバイト先が見つからなければ、これが最後の贅沢になってしまうかもしれない――。

ちょっとした悲壮感を胸に秘めながら、スマホでパシャリと写真に収める。

そして長いスプーンを手に取り、どこから食べようかと首をひねらせた瞬間だった。視界にひとりの少年が映ったのは――。

「君は誰？」

思わず問いかけてしまったのは、彼がじーっと私を凝視していたからだ。

背格好は小学三年生くらい。しかし肩まで伸ばしたぼさぼさの髪に、紺を基調とした和服、そして革製の首輪……とても尋常とは思えない。

私にこんな子の知り合いなんていたっけ？

口を真一文字に結んだ凛々しい顔つきは、妙に大人びて見える。将来はイケメンになるのは間違いなさそうね。

だがこれまでのわが人生、イケメンとは縁もゆかりもない。すなわち私がこの子のことを知っているはずもない……って、なんだか急に泣きたくなってきたじゃない。

とにかく今はこの子が何者なのかを確かめることね。

「何か用なの？」ともう一度問いかけたが、無反応は変わらない。

この子はいったい何を考えているのだろう？

もしかして親とはぐれちゃったのかな？

いや、そうじゃない。だって彼の瞳からは不安や恐怖が感じられない。

何かを強く欲している目だ……。

これってもしかして……。

彼が求めているのは『私』なんじゃない!?

ありえない妄想にもかかわらず、なぜかリアリティをもって感じられ、顔がかっと熱くなる。

そのせいで無意識のうちに大きな声をあげてしまった。

「ダメよ！　あと十五年は待ってくれなきゃ!!」

しんと店内が静まり返り、お客さんだけではなく従業員も含めた全員の目が私に集まる。

余計に体中が熱くなった私は、パフェの頂上に君臨しているお芋のアイスを一口食べた。

ただ甘いだけではなく芋の味がしっかり感じられて、本当に美味しい。

それに冷たいアイスが沸騰しかけた頭を冷やしてくれた。

私はさっきパフェを運んできてくれた店員さんと顔を合わせて、「とても美味しいです」と、か細い声をあげて目配せする。

すると彼女は何かを感じ取ってくれたようだ。

「あ、ありがとうございます」と返した後、他のお客さんへの接客を再開して、気まずい静寂を破ってくれたではないか。

グッジョブだわ！　いつか彼女とは友達になれる気がする！

私は心の中で彼女に向かって親指を立てた後、黙ったままの少年に小さな声でたずねた。

「いったい何がほしいの？」

「……それ」

少年の視線が私の顔からわずかに下へ落ちる。

「もしかして……これが欲しいの？」

私がパフェを指さすと同時に、少年の小さなお腹から「クゥ」という可愛らしい音が聞こえてきた。

その直後、私の口はひとりでに動いていたのだった。

「お姉さん！　同じパフェをもうひとつください！」

「お会計は二千六百円になります！　ありがとうございました！　またお待ちしております！」

痛い……。痛すぎる出費だわ……。

でも、満足そうにお腹をさすりながら「すごくうまかったぜ！　ありがとな！」と素直にお礼を言ってきた少年を見れば、これでよかったのだと思えるから不思議なものだ。

「大丈夫か？　顔色悪いけど」

「えっ？　うん、大丈夫よ。全然平気だから！」

本当はあまり大丈夫ではないが、そんなことを初対面の男の子に打ち明けたところで、状況は何も変わらない。

それよりも気になって仕方ないのは、なんでこの子は私の隣を堂々と歩いているのか、ってこと。

今はメインストリートから少し離れたお店を出て、駅の方へ向かっている。

もしかして本当に迷子なのかもしれない。

そこで私は少しかがんで、彼と視線を合わせた。

「あなたはどこからきたの?」

「俺の名はソラだ!　あなたって名前じゃないよ!」

質問の答えになっていないが、まぁ名前が分かっただけでもよしとしようか。

「分かったわ、ソラくん。私は美乃里っていうの。ところでソラくんはお母さんとお父さんがどこにいるか、お姉さんに教えてくれるかな?」

ソラは「なんでそんなこと聞くの?」と言わんばかりに眉をひそめながら、小さな人差し指を上の方へ向けた。その先に視線を移すと、青い空とゆったりと流れる白い雲が目に入る。

空にいるってことは……。そういうことよね……。

「ごめんね。嫌なことを思い出させちゃったね」

私が申し訳なさそうに暗い声をあげると、ソラは不思議そうに小首をかしげた。

「なんで美乃里が謝るんだ?」

「だって……」

「ほら、顔をあげろって。旨いもん食わせてもらって、美乃里には感謝してんだ。だから手伝ってやるよ」

「手伝う？　何を？」

「へん！　ごまかしても無駄だからな。何かを探してるんだろ？　おまえの全身から焦りや不安の臭い(にお)がプンプン漂ってるしな。さあ、探し物が何なのか言ってみなって。せっかく言葉が使えるんだからよ！」

な、なんなの？　この子は……。

それに臭いってなによ？

ちゃんと汗を良い香りに変える柔軟剤を使ってるんだから！

言いたいことがありすぎて、かえって言葉が出てこない。

そんな私を見て、ソラはしびれを切らしたように口を開いた。

「あー、もういい！　俺は受けた恩を絶対に返すのが信条なんだ。だからいいこと教えてやる」

「いいこと？」

「ああ、次に鐘の音が聞こえてきたら、三芳野神社の隣にある森の奥へ行ってみな」

「へっ……？　どうして？」と聞き返した私から、とっとと弾むような足取りで三歩離れたソラは、くるりとこちらを振り返った。

「そこに楓庵って茶屋があるからよ。そこに入ったら、美乃里がして欲しいことをちゃんと言ってみるんだぜ！　言葉は使わなきゃもったいないし、素直な気持ちを口に出せばすっきりするからよ」

「え、あ、うん……」

有無を言わせぬソラの口調に、思わず首を縦に振ったものの、彼の意図がまったく理解ができない。

けれどソラは私の様子に満足したようだ。

ニカッと太陽のような笑顔になった。

「じゃあ、約束だぞ！　これからは自分のして欲しいことは素直に言うってな!!」

そう言い残した彼は、風のように走り去ったのだった。


ソラと別れた後、アルバイト探しを再開した私に、ちょっとした変化が生じた。

「あのぉ。アルバイトって募集してたりしませんか？」と声に出して聞けるようになったのだ。

ソラに「せっかく言葉が使えるんだから」と言われたからなのは、認めたくないけど事実だと思う。

どのお店にも「今はちょっと……」とやんわり断られたから、結果は変わらなかった。それでも何も言わないで店の前を横切るだけよりは、ずいぶんと気持ちが晴れやかなことに気づかされた。

これも「素直な気持ちを口に出せばすっきりするからよ」というソラの言ったことがピタリと当てはまったわけだ。

日は徐々に傾き、空の青に赤みが混じりはじめた頃。

ちょうど蔵造りの建物が続く通りを歩いていたところで、ドォーンと鈍い鐘の音が響いてきた。

音がしてきた方へ顔を上げると、ひときわ目立つ木造の塔のようなものが目に入る。

それは『時の鐘』と呼ばれている時計台で、江戸時代から庶民に時を報せてきたらしい。

今では午前六時、正午、午後三時、午後六時の四回、鐘が鳴らされているのだそうだ。

スマホのロック画面に映る「18：00」の文字を見つめながら、私はソラから言われた言葉を思い起こしていた。

『次に鐘の音が聞こえてきたら、三芳野神社の隣にある森の奥へ行ってみな』

たしか『かえでぁん』という茶屋があるって言ってたな。

ネットで『かえであん』と検索してみたが、ここら辺にはそういう名前のカフェはなさそうだ。

どういうことだろう？

でもソラがウソを言ったとは思えない。

もしかしたらできたばかりのカフェでネットには情報がないのかもしれない。だとしたらオープニングスタッフを募集していたりして。ほのかな期待に胸を膨らませた私は、今立っている場所から三芳野神社までのルートを検索した。

ダメ元で彼の言葉を信じてみよう。もしカフェがなければ、三芳野神社でお参りして帰ればいい。そしておしゃれなカフェで働くのはあきらめて、普通にネットで職を探そう。

そう考えた私は東に進路をとって歩き出した。

けれど人が少なくなるにつれて、消えかけていた不安が顔をのぞかせてくる。

自然と顔がこわばっていくのが分かった。

そうして夕日が目に映るすべてをオレンジ色に染めた頃に、三芳野神社の細い参道までやってきた。途中、ペットを連れたお母さんと女の子とすれ違う。でも挨拶すらせずに、私はソラが言っていた森の中へ入った。

高い木々に囲まれてうっそうとしている。早くしないと真っ暗になっちゃう。

どこを歩いているのか分からなかったけど、とにかく前に進んでいく。

すると『楓庵』と書かれた木の看板がかけられた、木造の一軒家が目に飛び込んできたのだ。一軒家というよりは草庵と言った方がいいかもしれない。まるでこの世のものではないくらいに浮世離れしているように感じられた。

古びた木のドアを押すと、ギイと音を立てながら開いていく。

チリリン――。

涼やかな鈴の音に心がすっと軽くなるのを覚えた。

中は木製のテーブルが二つとそれぞれに椅子が四脚ずつ。それとカウンターに四席。

そのカウンターの奥にはすらりと背の高い、細身の男性がひとり。

顔に刻まれた皺や、白髪交じりの髪、醸し出している雰囲気からして、私よりも十は年上だろう。でも中性的で端整な顔立ち、すっと伸びた高い鼻、そして優しそうな細い目は、年齢を感じさせない。

「いらっしゃい。……おや？」

心地よい重低音のきいた声だ。

客としてカウンターに座って、その声を堪能したい欲求にかられる。

でも私には言うべき言葉がある。

『じゃあ、約束だぞ！　これからは自分のして欲しいことは素直に言うってな!!』

ソラが何者なのか分からないけど、私は彼の言葉に背中を押されるように、大きな声で告げたのだった。

「お願いです！　私をここで雇ってください！」

「えっ……？」

明らかに動揺を隠せないでいるおじさま。

そりゃそうよね。

店に入ってきた見知らぬ人に、いきなり「雇ってください！」なんて言われたら、誰でもそうなると思う。

でも一度口に出してしまったからには後に引けない。

「お願いします！　もうここしかないんです！　私、こういう雰囲気のカフェで働くのが憧れで、町中を探し回ったんですけど、どこもアルバイトなんて募集してなくて。だからここで断られたら、おしまいにしようって決めてるんです。お願いです！　私を働かせてください！」

私は必死に頭を下げた。

すると正面にいるおじさまとは違う方向から声が聞こえてきたのだ。

「八尋。いいじゃねえか。働いてもらいなよ」

私は声の主の方へ顔を向ける。カウンターの奥の陰からぬっと姿をあらわしたのは、なんとソラだった。唖然とする私を見て、彼は大きく口を開けて笑い飛ばした。

「あはは。鳩が豆鉄砲を食ったような顔しやがって。美乃里が奉公先を求めていたのは気づいていたからな。八尋の手が空く時間を指定して俺が引き合わせてやったってわけだ」

八尋と呼ばれたおじさまがソラへしかめ顔を向ける。

「そう簡単に言われてもね。ここは普通とは少し違うことをソラ様もご存じでしょうに……」

「普通じゃねえだと？　へんっ！　ニンゲンが勝手に決めた物差しで測るんじゃねえよ」

「しかし……」

「しかしもかかしもあるもんか！　女中をひとり雇ったところで、給金が出せねえわけでもあるまい。美乃里の人となりは安心しろ。俺のお墨付きだ。ちょっと臆病なところはあるが、悪いヤツじゃねえよ。あとは働けるかどうかだ。ただそれは、八尋じゃなくて美乃里が決めることだろ？」

「うーん……。分かりましたよ」

見た目からして親子ほどに年が離れているはずなのに、ソラは八尋さんを丸め込んでしまった。

それに八尋さんはソラに『様』をつけていたけど、いったいどういう関係なんだろう？

「やいっ、美乃里！　ボサッとしてる暇なんてねえぞ。客がくるから」

「えっ？」

ソラがひょいっと投げたものを受け取ると、それは真っ白なエプロンだった。

どうやら戸惑っている場合ではないみたい。

私はジャケットを脱いでエプロンをつける。

その直後、背後のドアが開けられて、チリリンと鈴の音が響いた。

「い、いらっしゃいませ！」

大学四年間、コンビニでアルバイトしていたからだろうか。お客さんの来店と同時に声が出ていた。

ところが挨拶した後に顔をあげた私は、ぎょっとして次の言葉を失ってしまった。

今年還暦を迎える私の母よりは年下と思われるおばさまだ。黒いシャツの上から、薄手の黒いカーディガンを羽織っている。丈の長いスカートも黒。つまり彼女は全身を黒で固めており、まるで葬式の参列者を彷彿させるコーデだったのだ。

しかし私の肝を冷やしたのは格好ではなく、顔つきだった。

観光地のカフェにきたとは思えないほど疲れていて、目の下には大きなクマができている。ほとんど化粧もしていないようで、深い皺が目立っていた。

まるでこの世の終わりのような表情に、失礼ながら背筋に冷たいものが走ってしまったのである。

固くなった私に対し、彼女は消え入りそうな声でたずねてきたのだった。

「どの席に座ればいいかしら？」

「え？　それは、あの……」

「空いてる席にどうぞ」

私に代わって、八尋さんがカウンター越しに声をかけた。

「はい」

低くて沈んだ声をあげた彼女は、フラフラした足取りでテーブル席に腰をかけようとしている。

「だ、大丈夫ですか？」

私が手を貸すと、おばさまは「ありがとう」と口元に乾いた笑みを浮かべて席に着き、フリフリのついたガーリーなバッグを膝の上に置いた。

持つ手が少し震えてたから、彼女にしてみればかなり重いに違いない。

「あの、お荷物をこちらにどうぞ」

気を利かせたつもりで、店の脇に置いてあった竹製のバスケットを彼女の椅子の横に差し出した。

けれど急に彼女は険しい表情になって、鋭い声をあげたのだった。

「そんなもの。いらないに決まってるでしょ！」

「えっ？」

なんで怒られたのか分からずに目を白黒させる私を、おばさまは眉間にしわを寄せて睨みつけている。

とにかくこういう時は謝るに限る。

私は深々と頭を下げた。

「ご、ごめんなさい」

「このバッグが何なのか、見ればわかるでしょう!?」

いえ、分かりません。

……とは言えずに困っていると、八尋さんが右手で水の入ったコップをテーブルに置きながら微笑みかけた。

「お客様、招待状に書かれた通りにキャリーバッグをお持ちいただきありがとうございます」

キャリーバッグって旅行の時に持っていくバッグのことよね?

でも目の前のバッグは小ぶりのリュックサックくらいの大きさしかない。

どういうことだろう?

にわかに混乱した私に代わって接客を続ける八尋さんは、左手に収まった小さなボウルのようなものをおばさまの前に差し出した。

「こちらはテーブルの上でよろしいでしょうか?」

白い陶器でできたペット用の水入れだ。

おばさまの顔がみるみるうちにほころび、真っ青だった頬に赤みが加わった。

「ふふ。ありがとう。テーブルの上でいいわ」

「かしこまりました」

ということは、キャリーバッグというのはペット用のものね！

喉に引っかかっていた魚の小骨が取れたようで、ほっと一息ついた私だったが、次の瞬間、とんでもないことが起こったのである。

「ねえ、ママ。大丈夫⁉　ママの怒った声が聞こえたけど」

なんとバッグの中から高い声が聞こえてきたではないか！

「まあ！　レオちゃん！」

子どもでも入ることができないほどに小さなキャリーバッグの中から、人間の声が聞こえてきた！

驚きのあまりに唖然とする私の目の前で、おばさまはわなわなと震えている。その様子は「驚き」というよりは「感動」という表現の方がピタリと当てはまる。その証におばさまの目からはポロポロと涙がこぼれおち、その口からは「本当だったのね……。ありがとう。ありがとう……」と小声がもれているのだから。

「ねえ、ママ？　本当に大丈夫？」

もう一度聞こえてきた高い声に、おばさまははっとなって涙をレースのハンカチでぬぐった。

「ママは大丈夫よ。心配かけて、ごめんね」

「ううん、ママが大丈夫ならいいんだ。ねえ、そろそろ顔を出したいよ」

「そうよね！　ごめんね、ママ気づかなくて」

おばさまは慌ててバッグのファスナーを開けた。

するとヒョコリと顔を出したのは、オレンジ色でフワフワした毛並みのポメラニアンだ。

右耳の横に小さな赤いリボンをつけ、薄いピンク色した女の子用の服を着ている。

まさか、ポメラニアンがしゃべったというの……？

ウソだ！　疲れすぎて幻聴が聞こえただけに違いない！

そう自分に言い聞かせていたものの、もう一度ポメラニアンがしゃべったのだった。

「ねえ、ママ！　何か食べたい！」

間違いない。ここのカフェ、普通じゃない……。


ネットで検索しても情報が出てこない、隠れ家的なカフェ『楓庵』。

神社の森の奥にあるこのカフェはペット同伴がＯＫなカフェだった。

……と、ここまでは、まだよかった。

だが、どこからどう見てもオレンジ色の柔らかそうな毛並みに覆われた普通の可愛いポメラニアンが人間の言葉を話しはじめたのだ。

楽しそうにおしゃべりに興じるポメラニアンのレオとおばさまを目の当たりにしながら、私はどうにかしてこの光景を理解しようと必死に努めた。

カウンターのそばに立って難しい顔をしている私。その横に並んできたソラが落ち着いた口調で言った。

「だからニンゲンの物差しで測るなって言ってんだろ。おまえの目と耳を信じればいいんだ」

「でも……」

いまだに納得できない私に対し、ソラはとても穏やかな笑みを口元に浮かべながら諭したのだった。

「それによ。まやかしだっていいじゃねえか。今にも死にそうだった人が、あんなに幸せそうな顔になったんだぜ。それだけで楓庵の意味があるってもんだ」

ソラがくいっと顎を上げて、おばさまとポメラニアンの様子に目を向ける。

私も視線を彼女らに戻した。

「ママ！　ハンバーグとっても美味しかったよ！」

「うふふ。それはよかったわ」

まるで我が子を慈しむように、おばさまはとても優しい表情で笑っている。

レオもまたおばさまに大きな瞳を向けて、嬉しそうに耳を後ろにしていた。

確かにソラの言う通りかもしれない。

だっていくら頭で考えても答えなんて出るわけがないんだもの。

今は彼女らが幸せなひとときを送っているという事実だけでじゅうぶんだ。

「人は誰でも幸せになれる権利があるんだよ。たとえ辛くて悲しいことがあってもな」

ぼそりとつぶやいたソラは、カウンターをくぐって店の奥へ消えていった。

彼の言う「辛くて悲しいこと」という部分が気になった私は、急いで彼の背中を目で追う。でもあっという間にその姿は見えなくなってしまった。

彼は何をしに行ったのだろうか。

そもそもソラは楓庵の店員なのかしら?

首を傾げたところで、八尋さんと目が合う。すると八尋さんは私の横に立って、小さな声で楓庵の秘密を教えてくれた。

「ここ楓庵はね。ペットと飼い主さんが最期の一時間だけ言葉を交わすことができる場所なんだよ」

「最期？　最期ってどういうことですか？」

「言葉の通りだよ」

「つまり……レオは死んじゃうってことですか？」

「いや、肉体の死は少し前に訪れているはず。ここにいるのは霊魂だよ」

「霊魂？　幽霊ってことですか!?」

ありえない……。でも、私の混乱を見透かしていたかのように八尋さんはゆっくりとかみ砕くようにして説明を続けた。

「美乃里さんが驚くのも無理はないよ。僕も最初は信じられなかったから。でも、おばさまが黒一色のコーデなのは、喪に服しているからだと思えば、どうだろう？」

「え？　そ、そう言われれば……」

「レオは一週間前に亡くなっている。おばさまはレオと最期の時を過ごすためにここへやってきた」

「で、でも、そんなことができるカフェがあるなら、ネットでもっと話題になっているはずですよ！　私、ここにくるまで楓庵の存在すら知らなかったんですから」

ちょっと失礼な物言いだったかしら。

しかし八尋さんは、柔らかな笑みを湛えたまま、ゆったりとした口調で私の疑問に答えてくれた。

「美乃里さんが驚くのも不思議はないよね。実は、特別な招待状が自宅に送られてきた人だけが訪れることができるカフェなんだ」

「特別な招待状？　いったい誰がそんなものを送っているのですか？」

「さあ……誰なんだろうね。とにかくその招待状がないとここにはこられない」

「そうなんですか……。ちなみに招待状にはどんなことが書かれているんですか？」

「ここを予約するための電話番号。それから、ペットの霊魂をここに連れてくる時、飼い主さんから離れて迷子にならないように、キャリーバッグ、カート、リード、ハーネスなどを持ってくるようにってことかな」

「なるほど。だからレオちゃんを入れたキャリーバッグを脇に移そうとした私に、おばさまは怒ったのね」

「そして、楓庵のことは神社の敷地から一歩外に出た瞬間に忘れてしまうんだよ」

「え？　だとしたら店員になったばかりの私もここを出たら忘れちゃうってことですか？」

「ふふ。それは困るな。大丈夫、不思議なことに美乃里さんがここを忘れることはないよ」

「どうして――」

そう私が言いかけたところで、細い目をさらに細くした八尋さんは「空いてるお皿を下げてもらってもいいかな？」と柔らかな口調で私に申しつけた。

「え、あ、はい！」

弾けるように私は店内に目を戻す。

既に窓から差し込む夕日はなく、外は真っ暗だ。

壁掛けのランプは温もりのある橙色（だいだい）で、こげ茶色の床や壁を照らしている。明るすぎず、かと言って暗すぎないその灯りは、ゆったり流れる時と見事に調和していた。

私はゆっくりとおばさまの席へ近づいていく。

レオが私に目を向けて口を結んだが、おばさまが「大丈夫よ」と頭をなでると、すぐに人懐っこい表情に戻り、ピンク色の舌を出した。

「空いているお皿を下げてもよろしいでしょうか？」

「ええ、お願い」

来店したての時には信じられないような張りのある声だ。

私は「失礼します」と頭を下げながら、空になっているワンちゃん用のフードボウルを手に取った。

その様子をじっと見ていたポメラニアンが可愛らしい声をあげた。

「ママは食べないの？」

言われてみればおばさまは、ティーポットで出された紅茶を一杯飲んだだけで、食事をとっていない。

「ママはいいのよ」

「どうして？」

「ママはレオちゃんが良ければ、それで満足だから」

そう言って笑みを作ったおばさまの目に、強い悲しみがたたえられているのは気のせいじゃないはずだ。

はっと息を呑んだとたんに、入り口と反対側の壁にかけられた時計が、ボーンと時を告げた。その針は八時を指している。それを待っていたかのように、八尋さんの低い声が耳をくすぐった。

「そろそろお時間です」

いったい何の時間だろう、と不思議に思った時――。

「いやっ！　この子のことは、今度こそ私が守るの！」

血相を変えたおばさまが甲高い声で叫んだのだ。

フードボウルを持ったままその場で立ち尽くしてしまった私をよそに、おばさまはレオを抱きかかえて背を向けた。

その細い背中は小刻みに震えている。

いったい何が起こったの？

それから「今度こそ」ってどういう意味なの？

私はカウンターの方に振り返り、八尋さんを見た。

八尋さんは取り乱しているおばさまに、変わらぬ優しい視線を向けている。

さも彼女の反応が当たり前であるかのようだけど、明らかに普通とは言い難い。

これもソラに言わせれば「ニンゲンの物差しで測るな」ってことなのかしら？

でもこのまま放っておくわけにはいかない。

「あの――」

そう私が言いかけた瞬間に、チリリンとドアが開けられた。

こんな時にお客さん？

顔だけドアの方へ向けると、目に飛び込んできたのはソラだった。

だが一見すると彼とは見分けがつかないほど、その風貌は変化していたのだ。

烏帽子と呼ばれる平安貴族を想像させる黒の帽子、薄紫の和服の上から白の袴――まるで神職のような格好だ。

そして彼の手には細い縄と鉄の輪が握られている。

彼は私のことなど見向きもせずに、おばさまのすぐそばに立つと、少年とは思えないくらいに、おごそかな口調で告げた。

「黄泉送りの時だ」

その一言で店の雰囲気が一気に重くなった。

ソラの言う「黄泉送り」が何なのか、まったく見当もつかない。

けれど「嫌！　この子のことは私が守らないといけないの！」と泣き叫ぶおばさまの様子からして、レオに対してソラが何かしようとしているのは明らかだ。

「ねえ……」

ソラへ声をかけようとした私の肩の上に、カウンターから出てきた八尋さんが優しく手を乗せた。

ちらりと彼に目をやると、小さく首を横に振っている。

どうやら「口を出さないで様子を見てほしい」ということのようだ。

私が眉をひそめると同時に、ソラはおばさまの背中に向かって力強く声をかけた。

「さあ、レオ。おいで！」

「うん！」と、元気な返事をしたレオが、おばさまの手をすり抜けて床に降り立つ。

「いやぁぁ！」

必死に手を伸ばしたおばさまから逃げるようにして、レオはソラの横に飛び跳ねた。

「いい子だ。レオ」

優しい口調のソラは手にしていた鉄の輪をレオの首にかけると、その輪に縄をつないだ。

レオも大人しくソラの言うことに従っている。

しかしおばさまはまだ諦めていなかった。

「やめて！　その子を連れていかないで！」

まるでこの世の終わりと言わんばかりの絶望感を映した険しい形相でソラにつかみかかろうとしたが、不思議な力で椅子の上から動けないようだ。

必死に伸ばした手は空を切っている。

「レオのことをソラはどこへ連れていくつもりなの？」と、小さくつぶやいた私の耳元で、八尋さんは「黄泉だよ」とささやいた。

「黄泉？　もしかして『あの世』ってことですか!?」

「そう……楓庵にやってきたペットの霊魂を黄泉に連れていくのがソラ様の役目」

「じゃあ、ソラは――」

そこで私が言葉を切ったのは、口に出すのもはばかられるほど、あり得ない考えだったから。でも、その言葉の続きを八尋さんは何のためらいもなく言い切った。

「うん、ソラ様は神様なんだよ」

あまりにも非現実的すぎて、思考がまったくついていけない。

「そんな……」

八尋さんは「もうお話はここまで」と言うように、口を結び、私から目をそらした。

複雑な心境のまま私もソラたちの方へ視線を戻す。

「やめて。連れていかないで。お願いだから……」

さっきまでの鬼気迫る声色は影を潜め、哀れみを乞うような涙声に変わっている。

それでもソラは何も言わずに、黙っておばさまを見つめていた。

「どうしてソラはレオを早く連れていかないのでしょう？」

「待っているのさ。彼女がレオとお別れできるのをね」

「どういうことですか？」

「何らかの理由で上手にお別れができない飼い主とペットがここにやってくる。そして、たいていのお客様はペットと話すことで胸につかえていたわだかまりが解けるものなんだ。でもね、たまにこの方のように根深い問題を抱えてらっしゃる飼い主さんもいるんだよ。そういう時は、お別れするしかないと諦めるのを、ただ待つしかない」

おばさまは唇を震わせながら、何度もソラに向かって「レオを返して」と懇願しているが、ソラは微動だにせず、レオにつないだ縄を強く握りしめていた。

そうして時計の針が八時半を回ったところで、彼女はテーブルに伏せてシクシクと泣きはじめた。

ついに諦めたのだろう……。誰の目から見ても明らかだ。

「そろそろ行こうか」と告げたソラは、レオとともにゆっくりとドアの方へ歩き始めた。

静まり返った店内には、ギシギシと床を踏むソラの足音だけが響いていた。

レオは何度もおばさまの方を振り向いているが、彼女はうつ伏せのまま動こうとしない。

「ドアの向こうにソラ様とレオが消えた後、お客様を見送る準備をしよう」

八尋さんはそう告げてきたが、私は疑問を覚え始めていた。

だっておばさまの哀しみの原因は何も取り除かれていないじゃない。

こんなの残酷すぎるよ……。

腹の底からむくむくと灰色の雲がわいてきて、心を覆い始める。

そしてふと閃光のようによぎったのは、あの時の親友の横顔だった。


――ミノに後悔は似合わないよ。


鉄槌で打たれたような痛みが胸に走った瞬間、私の口はひとりでに大声をあげていた。

「ちょっと待って!!」

ソラの足がピタリと止まり、おばさまががばっと顔を上げた。

困ったように眉をひそめた八尋さんは何か言いたそうだし、ソラが「邪魔をするな」と言わんばかりに鋭い視線をこちらへ向けているのも分かっている。

それに自分の言いたいことを口にするのは怖い。膝だって震えている。

でも私は傷ついている人を前にして、ただ傍観しているだけなのは、絶対に嫌だ。

私は大股でおばさまの席まで足を進めると、目を真っ赤に腫らせた彼女に対して震える声で言った。

「お客様。まだティーポットにお茶が残っております。最後まで召し上がってください」

「えっ？　え、ええ、でも……」

「ではおつぎいたしますね」

私は強引にカップを持たせると、ティーポットから紅茶をそそいだ。

保温効果はバッチリのようで、白い湯気がふんわりと漂う。

紅茶の良い香りがドキドキと高鳴った心臓の音を鎮めてくれたところで、私はソラの方へ顔を向けた。

「ソラ。お客様の食事中にお連れ様を外に出すのはマナーに反するわ」

「なんだって⁉」

ソラが顔を歪めたが、私は間髪容れずに言った。

「それに誰にでも幸せになれる権利があるんでしょ？　だったらもう少し待ってあげてちょうだい。今のお客様はとてもじゃありませんが、幸せには見えませんので」

自分でもビックリするほどに、有無を言わさぬ重い口調だった。

ソラは「ちっ。分かったよ。紅茶を飲み終えるまでだからな」と文句を言いながら、こちらに戻ってくる。

これでソラを引きとめることに成功した。

でもおばさまが傷つかずにレオとお別れできる方法なんて、まったく思いつかない。

「もういいのよ……」

彼女は固い表情のまま、紅茶にゆっくりと口をつけ始めている。

このままだと、何も変わらずにカップは空になってしまう……。

なんて言葉をかけたらいいんだろう……。

ええい！　どうせ何も思いつかないんだ！

だったら、ソラから言われたとおりに、言いたいことを素直に言ってみよう！

そう考えた私は、おばさまに対し明るい声で言った。

「レオちゃんって、赤いリボンとピンク色の服が良くお似合いな、とっても可愛い女の子ですね！」

おばさまはきょとんとして、私を見つめている。

お世辞だと思われてるかもしれないけど、これは私の本心だ。

私は昔から動物が大好きだったし、可愛い小物も好き。

だから着飾ったレオを見て、「可愛い！」と胸がときめいたのは確かだった。

私はおばさまの目の前の席に座って熱弁を続けた。

「フリフリのついたバッグもとってもお似合いだと思います！　それから、仕草もとっても女の子らしくて、とにかくすごく可愛いです！」

「ふふ。そう言ってもらえると嬉しいわ」

やった！　ついにおばさまの口元が緩んだ！

「でもね、あなた大きな勘違いをしているのよ」

った。

目を丸くした私に対し、おばさまはとても優しい顔で、驚くべきことを告げてきたのだ

「勘違い？」

「レオちゃんは『男の子』なの――」

なんと……。

レオは女の子用の可愛らしい服を着せられていたってこと!?

いったいなぜ？

けれどそんな普通の疑問すら聞くことがはばかられるくらいに、おばさまの瞳からとても濃い憂愁が伝わってきたのだった。

「レオちゃんは男の子だったんですね……。ごめんなさい、私てっきり……」

「ふふ。レオって名前、とても男の子らしいでしょ？」

おばさまは視線をそっとレオに移す。

レオはキュッと口元を引き締めて彼女のことを床から見上げていた。

「そう言われてみれば、そうですね」

「最初はね。犬なんて飼う気はなかったのよ。でも十八年前の冬、夫がこの子を家に連れて帰ってきてね。駅前のペットショップで一目惚れしたんですって。驚くことに名前ももう決めてきたって言うのよ」

「それが『レオ』って名前だったんですね」

「そう」

レオが目いっぱい背伸びしておばさまの膝のあたりを、カリカリとかいている。おばさまはレオをひょいっと持ち上げて、膝の上に乗せた。

「それ以来、専業主婦の私はレオとずっと一緒だったわ。夫は自分で連れてきたくせに、週末くらいしか面倒見ないんですもの」

おばさまは苦笑いを浮かべながら、優しくレオの背中をなでた。

レオは気持ちよさそうに、ふさふさの尻尾を左右に揺らしてうっとりとしている。

「でもこの子の世話を苦と思ったことは一度もなかったわ。特に三歳くらいまではいたずらばっかりで手を焼いたけどね。ふふ」

小さく笑った後、紅茶に口をつける。戻したカップの中はあとひと口で空になりそうだ。

おばさまはその白い無地のカップに目をやりながら続けた。

「だって可愛い我が子の成長をそばで見守るのが夢だったんですもの」

おばさまは目を細くして微笑む。

でもその笑みは深い哀しみを湛えていて、目にした瞬間にはっと息を呑んでしまった。

すぐに言葉が出てこない私に対し、彼女はかすれ気味の声で続けた。

「この子を迎えるちょうど一年前……。実の子を亡くしたの。生まれてたった三日だけの短い命。我が家で過ごすことすら叶わなかった」

「もしかしてその子は……」

「女の子だったの。名前は愛海。もちろん分かっていたわ。レオを愛海の代わりにしたらダメだってね……」

おばさまはそこまで言いかけたところで、ポロポロと涙をこぼしはじめた。

それまでうつらうつらしていたレオが、心配そうにおばさまを見上げたが、彼女は「大丈夫よ」と言わんばかりに懸命に笑みを作って続けた。

「毎日、スーパーへ行く途中に雑貨店を通り過ぎるの。普段から扉が開けっぱなしで、店内の商品が嫌でも目に入ってくるのね。赤やピンクの可愛らしい小物が宝石箱の中身のようにキラキラと輝いていて……。それを目にするたびに頭をよぎったわ。もし愛海が生きていたら、こんなアクセサリーが似合っただろうな。これをプレゼントしたら喜んだだろうな――とね」

おばさまはレオのリボンを愛おしそうになでる。

それがくすぐったかったのか、レオはブルブルと顔を震わせた。

「自分でも知らず知らずのうちに、この子を女の子みたいに着飾っていたわ。心のどこかで『ごめんね』って思いながら……。同時に心へ固く誓ったのよ。今度こそ自分の子を自分で守ろうって。……でも、その誓いも果たせなかった」

再び大粒の涙をこぼし始めたおばさま。

彼女の膝の上に立ったレオが、頬を優しくなめる。

「ごめんね、レオちゃん。ごめんね、レオちゃん。あなたは他の誰でもないし、立派な男の子なのに、女の子のように着飾ってしまって。あなたを守ると誓ったのに、先に逝かせてしまって。ほんとにごめんね」

おばさまは泣きじゃくりながら何度も頭を下げている。

私は何も言えなくて、ただ彼女の様子を見つめるより他なかった。

「もう……あなたには何もしてあげられないから……。だからせめて安らかに……」

おばさまは震える手でカップの取っ手をつかむ。

最後の一口を口に含んでしまえば、彼女は罪悪感から解放されるのだろうか。

もしそうならばこのまま――。そう考えた瞬間だった。

「あんた、何を勘違いしてんだよ」

これまで黙っていたソラが、ぶっきらぼうに口を開いたのだ。

カップに口をつける直前で手を止めて、ソラに視線を移したおばさまに対して、彼は険しい表情のまま続けた。

「あんたはレオを守っていたつもりかもしれねえけどよ。レオだってあんたを守ってたんだぜ」

「どういうこと……？」

言葉が出てこないおばさまに代わって問いかけた私に対し、ソラは口を尖らせて答えた。

「へんっ！　そんなの見ていればすぐ分かったぜ。美乃里が近づこうとしたら鋭い眼光を飛ばしたり、今だってあんたの膝の上から周囲に気を払ってる。なあ、レオ。そうなんだろ？　遠慮なんてすんな。最後なんだからはっきり言っていいんだぜ」

レオはソラの方へ顔を向けて小さくうなずいた。

「うん……。僕、パパと約束したから……」

おばさまの膝の上でお座りをしたレオ。顔だけをおばさまに向ける。

そしておばさまが「どんな約束をしたの？」と、震える声でたずねると、はっきりした口調で語り始めたのだった。

「僕がママとパパの子になる前は、ママはずっとおうちで泣きっぱなしだったんだ。パパはね、そんなママを見て申し訳なくて仕方なかった。そして僕を見つけてくれた時に、こう言ったんだ。『ママの騎士（ナイト）になって、ママを守ってくれ』って」

「私の騎士……」

「ママは本当はすごく強い人だけど、今は『哀しみ』って怪物に襲われているんだ。そんなママが自分で笑えるようになるまで、ママを守ってほしい。どうやらパパではダメみたいなんだ。だから君の力を貸してくれ――パパは僕を抱きかかえながら、そう言ったんだよ」

おばさまとレオが視線を交わす。

レオはとても落ち着いた口調で続けた。

「僕ね。ママを怪物から守ろうって一生懸命頑張ったんだよ。ねえ、ママ。僕はママを守れたかな？」

「うくっ……。ううっ……」

おばさまが再び嗚咽をもらす。でもその涙は悲嘆にくれた冷たいものではなく、愛と慈しみに溢れた温かいものだった。

八尋さんが空になっていたコップに水をそそぐ。昂った気持ちを落ち着かせるように、おばさまはそれを一口飲んで呼吸を整えてから口を開いた。

「うん、だってレオちゃんは引きこもりがちだったママをお散歩やカフェに連れ出してくれたじゃない。ずっと泣いていたママをいつも笑顔にしてくれたじゃない。あなたは立派な騎士よ」

レオは嬉しそうに口角を上げて、舌を出した。

「なら、よかった！　ねえ、ママ。頑張ったご褒美に、僕と二つだけ約束してくれないかな？」

「約束？　ええ……」

おばさまが返事したところで、少しだけ間をあけるレオ。その姿は健気な小型犬ではなく、私には屈強で忠実な騎士に見えたの。

「ひとつめは、僕に『ごめんね』って言わないで。僕はね、ママのことが大好きなんだ。ママが喜べば、僕も嬉しかった。だから僕に対するすべてのことに後悔なんてしないでほしいんだ。きっと僕のお姉ちゃん……愛海ちゃんも同じだと思う。だから僕と愛海ちゃんにもう『ごめんね』は言わないで」

おばさまの瞳に涙はなく、あるのは柔らかな光。

その光はどんな哀しみにも負けない強さを象徴しているように、私には思えた。

彼女は何の迷いもなく、首を縦に振った。

「うん、約束するわ」

レオはおばさまの膝の上からピョンと跳ねて、ソラの横に立った。

「もうひとつはね、パパともっと仲良くしてほしいんだ。僕はママとパパとお出かけするのも、写真をとるのも、美味しいご飯を食べに行くのも、全部、全部、大好きだったの。僕は二人の子でいられたことが、本当に幸せだったんだ。僕は二人が仲良くしてくれれば、とても安心できるんだ」

おばさまはこの日一番の笑顔になると、大きくうなずいた。

「うん。分かったわ」

レオも口角を上げて、嬉しそうに尻尾を振る。

「さようなら、レオちゃん。ありがとう」

「さよなら、ママ」

レオがそう言った後、最後の一口を飲み干したおばさま。

それを見届けたレオは、ソラに連れられてドアの向こう側へと消えていったのだった。

おばさまが会計を済ませてからお店を出たのは午後九時を過ぎていた。

お店の周囲は真っ暗だけど、私が来たのとは反対の方に灯りのついた道があって、すぐに人通りの多い道路に出られるのだそうだ。だから私と八尋さんはおばさまを楓庵のすぐ外まで見送るだけだった。

「ありがとう。あなたのおかげでレオちゃんに心から『さようなら』が言えたわ」

突然手を握ってきたおばさまに、私はブンブンと首を横に振った後、力強い口調で答えた。

「いえ、私は何もしてません。レオちゃんが最後までお客様を怪物から守ろうと頑張ってくれたからですよ！」

「ふふ。そうね。あの子が最後まで騎士でいてくれたおかげね」

「ええ、その通りです！」

あまりに自信たっぷりで言った私がおかしかったのか、クスリと笑みを漏らしたおばさまは、軽い足取りで森の方へ歩いていく。八尋さんの言う通り、柔らかい灯りで照らされた道がある。その道の入り口で立ち止まった彼女は、ゆっくりとこちらを振り返った。

「じゃあ、ごちそうさまでした。また来るわね……と言いたいところだけど、このカフェの記憶は全部消えてしまうんでしょ？」

おばさまが少しだけ悲しげに言うと、八尋さんはふんわりとした綿毛のような心地よい声で返した。

「ええ。でも、レオちゃんとの大切な記憶はいつまでも残りますから、ご安心ください」

おばさまは一瞬だけ目を丸くした後、すぐに目を細めた。

「ふふ。それで十分ね。ありがとう」

彼女は会釈をして、道の奥へと消えていった。

おばさまがザクザクと木の枝を踏む音が暗闇の中に浮き上がるようにして耳に入る。その音が消え、ホーホーという鳥の声だけになったところで、八尋さんがどこか遠慮がちに問いかけてきた。

「さあ、店じまいとしよう。ところで美乃里さんはこれからも働けそうかな？」

心なしか眉が八の字になっている。

これまで起こったことを目の当たりにすれば、気味悪がって逃げ出してしまうのではないか――そう胸を痛めていたのかもしれない。

でも私はもう決めていたのだ。

この先もここで働かせてもらおう、と。

確かにとてもじゃないけど信じられないことばかりだ。

けれどあのおばさまの笑顔を見た時に、大きな喜びと強い達成感で胸がいっぱいになったことは変えようのない事実だった。正直言って、そんな経験ができる仕事に、私は今までついたことがない。

それともうひとつ。

ここなら前に進めそうな気がしているのだ。

だから私は……。

「はい！　よろしくお願いします!!」

ありったけの元気な声で返事をしたのだった。

第一幕　あなたを守ると決めたから　【完】

# 第二幕　伝言ふたつ

ひょんなことから不思議なドッグカフェ楓庵の店員として働くことになってから一夜明けた。

昨日のことは、あまりにも非現実的すぎて「夢でも見ているんじゃないかしら？」と半信半疑だったけど、こうしてベッドでねぼけまなこをこすっても、鮮明な記憶としてしっかりと頭のど真ん中に残っているのだから紛れもない事実だと認めざるを得ない。

今日は本業である広告代理店に出勤する日。外はどんよりとした曇り空。駅までの坂道も、朝のラッシュでも時刻表通りにやってくる電車も、すべてがいつも通りだけど、私だけは違っていた。

いや、他人の目から見れば、これまでと同じ。いたって平凡なオフィスワーカーに過ぎないと思う。でも、内面は違っていた。いつもなら「今日のランチはどこで食べよう？」とか「仕事終わりにスーパー寄ってお惣菜でも買おうかな」なんて考えているはずの私の頭の中は、楓庵のことでいっぱいだった。

ＵＦＯも幽霊も信じてないどころか興味すら微塵もない私にとって、ソラと『黄泉送り』は、とうてい受け入れがたい存在だったのだ。

私の頭がおかしくなってしまったのかしら？

誰かに相談するわけにはいかない。なぜならソラから、

『いいか、美乃里。楓庵のことを他人に話したらダメだぞ。そんなことをしようとした途端に、楓庵のことだけじゃなく、おまえの頭の中から俺や八尋のことまで、すっかり消えちまうからな』

と言い聞かされているからだ。それに仮に誰かに話しても、信じてもらえないだろうし……。

仕事中も上の空。それでも、いくら考えても答えは出そうにない。

でも副業が見つかったという事実は変わらないよね。

これでなんとか食い扶持をつなぐことができそうだ――。

夜、帰宅してから湯船につかった頃には、楓庵に対する疑問の答えを見つけるよりも、金欠のピンチから抜け出せる解放感の方が勝っていた。

「ま、なんでもいいか」

昔から難しいことを考えるのが苦手だったのを今さらながら思い返した私は、ベッドの上で仰向けになり、いつも通りに訪れた眠気に逆らうことなく瞼を閉じたのだった。

楓庵は完全予約制。多くても一度に二組までしか店内にいれない。

八尋さんがひとりで接客から調理、配膳までこなしており、それ以上予約を入れてしまうとお客様を待たせてしまうからだそうだ。

本当に今まで八尋さんひとりで切り盛りしていたのかしら?

そう疑ってしまうほど、オープンの午前十一時からラストオーダーの午後七時まで予約はぎっしり埋まっている。

ドリンクにお料理と、何でも手際よく作る八尋さん。楓庵で働くようになってから三か月がたち、私もようやくコーヒー、紅茶、ハーブティーを淹れることができるようになったけど、それでも八尋さんはほとんど休む間もなく動き続けていた。

一方のソラはというと、黄泉送りの時間がくるまでは、何もやることがないし、その儀式もわずか数分で終わってしまう。

「なんだよ!?　こう見えても俺だって忙しいんだぞ」

カウンターの隅の席でマンガ片手にそう言われても、まったく説得力ないんですけど……。

あきれ顔を八尋さんに向けると、彼はいつも「ソラ様しかできないことがあるからね」と優しい笑みを浮かべるだけ。

だけど、プイッと背を向けてマンガに没頭しているソラの背中を見ても、「まあ、仕方ないっか。ニンゲンの物差しで測れる子じゃないようだし」と許せてしまうのは、私が少しだけ変わったからかしら。

何と言うか、他人に対して寛容になったのだ。これもペットと飼い主が哀しみを乗り越えて、最後に愛を伝え合うのを何度も見ているからだろう。

相手に優しくして、微笑むこと。

それが相手への最高のプレゼントであり、平和な関係を築く秘訣であることを学んだのである。

「何をニタニタしてんだよ。気持ち悪りいなぁ。ボケッとしてる暇あったら、店の前の掃除でもしろよな。黄泉送りする時に俺が石でつまずいたらどうしてくれんだよ。ったく、これだから……」

前言撤回。生意気な小僧には、きっつーいお仕置きこそ最高のプレゼントよね。たとえ相手が神様だろうとも。

「こらぁぁぁ!!　ちょっとは手伝いなさぁぁぁい!!」

「のあぁぁぁぁ!!　鬼だ！　鬼ババだぁぁぁ!!」

　十月も半ばを過ぎ、ようやく暑さがやわらいできた。午後の陽ざしは柔らかくなり、木々が少しずつ赤く色づきはじめている。この日も相変わらず忙しく時間は過ぎていった。

　途中、遅めのお昼休憩をいただいてからカウンターに戻ると、壁掛け時計の針は二時を少し過ぎたところを指していた。私は予約を記したノートに目を通す。

　次のお客様が来店するまでの時間が二十分くらいある。

「八尋さんもお昼にしてください」

「ありがとう。じゃあ、お言葉に甘えようかな」

　ソラは黄泉送りに行ったきりまだ帰ってこない。

　静寂に包まれたカウンターにひとりぽつんとたたずむ。八尋さんが休憩に行ってから十分もたたないうちに妙にうずうずしてきて。あらためてノートに書かれた名前を確認した。

「次の予約は……。相沢美憂（あいざわみゆう）さんかぁ。二名ね」

「もうすぐやってきそうだぜ。その客。けど、あんな様子で大丈夫かぁ……？」

　私の独り言を拾ったのはソラだ。

　外から帰ってきた彼は、苦い顔をしながら、いつものカウンターの隅に腰をかけた。

「へっ？　どんな様子だったの？」

「まあ、見れば分かるぜ」

十五分後、来客をしらせる鈴の音が鳴った。入ってきたのは若い女性と、白髪のおじいさん。

女性の方は大学生くらいかしら？　明るめの色に髪を染め、可愛らしい丸顔で、今どきの女子の間で流行しているシンプルな色合いの装いをしている。

一方のおじいさんの方はやせ型でいかにも神経質そう。ギョロリと猛獣のように目を光らせる仕草からして、長年武道をやっていそうな印象を受けた。

そして白いペット用のキャリーバッグを持った女性の方は、初めてのカフェに入る時に見せる特有の緊張した面持ちだが、おじいさんの方は「不機嫌です！」と顔に書いてあるくらいにぶすっとしている。

私は「いらっしゃいませ！」と、できる限り明るい声で迎え入れた。

「あの……。予約していた相沢です」

女性の方が恐る恐る声をあげる。この人が美憂さんだろう。

私はテーブル席に手を差し出しながら、

「はい！　お待ちしておりました！　こちらへどうぞ」と彼女たちを誘導した。

だが美憂さんはおじいさんが席についたのを見計らって、「あ、私はこっちでもいいですか？」とカウンターの空いている席を指さしたのである。

「え？　あ、はい。かまいませんけど……」

戸惑う私に対して、美憂さんはニコリと微笑みかけた後、キャリーバッグのファスナーに手をかけた。

「おじいちゃん。今、フクを出すね」

白髪のおじいさんは美憂さんの祖父ってことなのね。

それにしても孫と一緒にカフェにやってきたのに、ずっと仏頂面というのはいかがなものか。しかも席は別々というのも解せない。

ソラがちらりと私の横顔に視線を突き刺してきたのは「余計な口出しするなよ」ってことなのは分かっている。それに私も今はまだ口を挟むつもりはない。

「みゃあ」

キャリーバッグからキジトラ模様の猫が飛び出してきて、おじいさんの向かいの席に降り立った。

「ふふ、可愛い」

愛くるしい姿に思わず笑みがこぼれる。しかしおじいさんは猫から視線をそらしたまま、メニューと睨めっこしているではないか。

いったいどういうことだろう……。

そう不思議に思っていると、美憂さんがおじいさんに話しかけた。

「おじいちゃん。フクとお話したいことがあるんでしょ？　遠慮なくしゃべって」

しかしおじいさんは孫の提案をにべもなく一蹴した。

「そんなものない。おまえがせがむから来てやっただけだ」

すると猫のフクの方も彼に同調したのだった。

「俺もこんなヤツとしゃべることはない。とっとと俺を黄泉に送ってくれよ」

フクとおじいさんの間に流れる風は、冬の関東平野に吹きすさぶ寒風よりも冷え切っていた。

飼い主とペットが互いにお話したくないなんて……。

じゃあ、何のために楓庵にきたのよ!?

思わずそうツッコミたくなるのを抑えながら、彼らの注文をうかがう。

おじいさんはカレーライスと食後にコーヒー、美憂さんはＢＬＴサンドとアイスレモンティー、そしてフクはマグロのピューレ。相変わらず無言のままのおじいさんとフクから背を向けてカウンターの方へ向かう。

余計な口出しは控えるべきよね……と分かっていながらも、彼らの様子が気になって仕方ない。

喉のあたりがモゾモゾしているのは、今にも声が飛び出しそうになっているから。

でも誰かにこの気持ちを打ち明けてしまうと、またお節介を焼きたくなっちゃうから、自分の中だけにとどめておかなくちゃ！

とにかくキッチンへ急ごう。今は誰もいないはずだから、気持ちを落ち着かせるには一番だわ。

途中、カウンターで美憂さんと目が合う。

呼吸をすれば吐いた息と一緒に「おじいさまとフクくんはなんで仲が悪いの？」と言葉が出てしまいそうだ。

だから息を止めた私は、頬を膨らませたまま、キッチンへ早足で飛び込んだのだった。

「ぶはぁっ！」と息を吐きだすとともに、「もう。いったい何なのよ。あの人たちは……！」と愚痴っぽい独り言が口をついて出てくる。でもキッチンの中には誰もいないから大丈夫よね。そう思っていたのだが……。

「美乃里さん、どうしたんだい？」

既に昼食を取り終えていた八尋さんが、洗った手をタオルで拭きながら私に穏やかな笑みを向けているではないか！

私は慌てて話題をそらした。

「ご、ご飯を食べるのが早すぎます！　よく噛まないと胃に悪いですよ！」

声が完全に裏返ってしまった……。何か別のことを考えていたのはバレバレよね……。

けれど八尋さんは気にする素振りすら見せずに、いつも通りの優しい口調で言った。

「ごめんよ。ひとりでここを切り盛りしている時のクセでね」

「そ、それなら仕方ありませんね。じゃあ、お客様からのオーダーです——」

うん、我ながら自然な形で注文を伝えられたわ。

しかも八尋さんのナイスなスマイルのおかげで気持ちもちょっとは落ち着いたし。

あとはドリンクを作りながら様子をうかがってみよう——。そう考えて踵を返した瞬間に、八尋さんの口から悪魔のささやきのような質問が飛び出した。

「ところでお客様に何かあったのかい？」

「むぅ……せっかく言わないようにしていたのにぃ」

結局これまで見聞きしたことを洗いざらい八尋さんに話した私。

やっぱりたまったものを吐き出すと、すっきり爽快な気分になるわね。お節介の虫がむくりと顔を出したけど、今は晴れやかな気持ちの方が勝っている。このままなら黙って様子を見届けることができそうね。

すっかり心が軽くなったところで、再びキッチンを後にしようとした。

しかし料理を準備しながら黙って話を聞いてくれた八尋さんが、さらに一歩踏み込んできたのである。

「美乃里さんはどうしたいんだい？」

「えっ？　私？」

八尋さんは手を止めて、じっと私を見つめる。

その視線は思いのほか鋭くて、私はごくりと唾を飲みこんだ。

でもなんて答えたらいいのか分からず、言葉が出てこない。

二人の間に重い沈黙が流れ、カレーの入った鍋のぐつぐつという音だけがキッチンの中に響いていた。

すると先に声をあげたのは八尋さんの方だった。

「ごめんね、呼び止めちゃって。料理はもうすぐできるからね。先にアイスレモンティーを作っておいてくれるかな？」

「へっ？　あ、はい！」

私は弾けるようにしてキッチンを後にした。

結局さっきの質問は何だったんだろう？

疑問に思いながらもカウンターの中でアイスレモンティーを用意する。

「お待たせしました！　アイスレモンティーです！」と努めて明るい口調で告げながら、円筒型のグラスを美憂さんの前に置いた。

けれど彼女の浮かない顔が目に入ったとたん、八尋さんの質問が脳裏をよぎったのだ。

『美乃里さんはどうしたいんだい？』

困ったように眉を八の字にしている美憂さんを前にして、私は何をしたいのだろう……。

考えるまでもないか。私がしたいことは、はじめからたったひとつ。

ここに来たお客様に笑顔で帰ってもらうことだ――。そう確信すると同時に、私の口は勝手に言葉を並べていた。

「美憂さん。おじいさまとフクくんの間で何があったのですか？」

さあ、これからよ！

フクとおじいさんの間に吹く冷たい風を、私が吹き飛ばしてやるんだから！

「美憂。余計なことはしゃべらなくていい」

おじいさんがピシャリとたしなめると、美憂さんはビクリと肩を震わせて首をすくめる。小さく丸まっていたフクが顔を上げ、何か言いたげにしていたが、またすぐに顔を伏せた。

誰も口をきこうとしない重い静寂が店内に漂う……。

でも何を言えばいいの？

藁にもすがる思いでソラを見たが、ちょっとだけ目を合わせただけで、ぷいっと顔をそむけるなんて！

この薄情者!!

ひとりでムッとしたところに、別の予約客がやってきて、チリリンという軽やかな音が鳴り響いた。

張りつめた空気がいくらか和らぐ。

ここぞとばかりに私もまた「いらっしゃいませ！」と大きな声を上げて、湿っぽい雰囲気を振り払った。

さらにナイスタイミングで八尋さんがお料理を運んできたのだった。

「お待たせしました。カレーのお客様は？」

にわかに店内がにぎやかになり、サンドイッチを頬張る美憂さんの顔もほころんだ。

しかしおじいさんとフクは相変わらず。一言も言葉を交わそうとしないまま、互いの食事を綺麗に平らげると、フクは美憂さんの膝の上に収まり、おじいさんもおじいさんでそんなフクの様子など気にする素振りすら見せず、コーヒーをのんびりとすすりながら持参してきた本を読みはじめたではないか。

フクの『黄泉送り』まではあと十五分。

本当にこのままでいいの？

いや、いいわけがない！

どうにかしなくちゃ！

他のお客様も落ち着いたところで、再び美憂さんと向き合う。

ところが私の声よりも先に、フクの声が聞こえてきたのである。

「保護猫だった俺がばあちゃんの家に貰われたのは十五年も前のことさ――」

「やめなさい」

おじいさんがこちらを見ようともせずに、低い声をあげる。

しかしフクはおじいさんの声などまるで聞こえていないかのように、ゆっくりと語り始めたのだった。

「ねえ、あなた。この子の名前をどうしましょう？　私ね、『フク』なんてどうかと思うの。きっとうちに福をもたらしてくれる子になるから」

その日はじいさんが長年勤めた会社を定年退職した日の翌日だったんだ。

じいさんは仕事一筋の人間でさ。ばあちゃんのことなんてほったらかしだった。

でもこれからは家で一緒にいる時間が長くなるからってことで、俺を貰い受けてきたってわけさ。

でもな……。

「名前？　そんなものおまえの好きにすればいい」

「あら？　どこかに行かれるんですか？」

「定年だからといってすぐに会社から離れるわけにはいかん」

それからもじいさんは朝から晩まで毎日出かけていったよ。

ばあちゃんはポツンと家でひとり。

そんなばあちゃんの膝の上が俺の定位置になるには時間なんて必要なかった。

晴れてる日は軒下でウトウトするのが日課でな。

ばあちゃんは「孫たちが喜ぶから」って言いながら、編み物していた。

でもじいさんがいないからか、時折ちょっとだけ寂しい顔するんだよ。

俺が顔を上げると、決まってこう言ったんだ。

「昔のあの人はもっと忙しかったのよ。日が出る前に家を出て、帰ってくるのは決まって日付をまたいでから。今はお昼前に出て、九時には家に帰ってくるのだもの。ありがたく思わなきゃ、罰が当たるわ」

俺の好きな春の陽だまりのような笑顔でな。

じいさんはたまの休みの日はずっと本や新聞とにらめっこ。たまに口をきくかと思えば、耳をすまさないと聞こえないくらいに小さな声で「おい。お茶くれ」の一言だけ。当然、俺のことなんて一瞥すらくれることはなかったよ。

でも、まあ。ばあちゃんはいつも穏やかでな。文句ひとつ言わなかった。


フクがそこまで話したところで、おじいさんがこちらをちらりと見た。

だがそれもほんの一瞬だけで、すぐに姿勢を元通りにして本に視線を移す。

美憂さんを見上げたフクはゆったりとした口調で続けた。

年に数回、美憂たち一家がうちに来る時だけは賑やかだった。ばあちゃんは前の日から張り切って料理やお菓子を準備するんだ。

「美憂ちゃんはエビフライが好きだからねぇ。たんと用意しておかないと！」

そんな時でもじいさんは他人事さ。ぶすっとしたまま新聞や本ばっかり読んで。

ばあちゃんの手伝いなんて、これっぽっちもしないんだから。まったくどうかしてるぜ。

「おばあちゃん!!」

美憂のことは好きだよ。

いつも俺と遊んでくれたし、何よりばあちゃんに優しかったからな。

彼女がやってくる時だけは、うちの中に花が咲いたように明るくなるんだ。

でもそれもほんの数年だけだったな。美憂はどんどん大きくなっていってさ。

年に一回顔見せてくれればいいくらいになっちゃったよな。

「便りがないのは元気でやってる証だって昔から言うからね」

ばあちゃんはそう言って微笑んだけど、ちょっと寂しそうだった。

でも俺がどうこうできることじゃない。

だからせめて俺だけはずっと一緒にいてやろうって決意したんだ。

来る日も。来る日も。

ばあちゃんの膝の上で過ごした。

寒い日も、暑い日も、嬉しい時も、悲しい時も。

そしてあの日は突然やってきたんだ。
ちょうど去年の秋の暮れの頃だったな。
その日は冬の訪れを感じさせる強い風が庭の木を揺らしてた。
軒下でひなたぼっこをするには寒すぎる。
だからリビングのソファでばあちゃんはいつも通りに座って、俺はその膝の上にいた。
ありふれた日常になるはずだった。
なぜかその日はいつにもましてばあちゃんがよくしゃべった。
そして昼過ぎのことだよ。
ばあちゃんがピクリとも動かなくなったのは……。
「みゃあ」
いくら呼びかけても起きやしない。
夜になって帰ってきたじいさんが血相変えて肩を揺らしてた。
「おい！　みず江(え)!!　目を覚ませ――!!」
この時、俺は思ったね。
おい、じいさん。大きな声出せるじゃねえか。
ばあちゃんの名前、ちゃんと言えるじゃねえか。
ばあちゃんのこと、しっかりと抱きしめることができるじゃねえか――。

次の日から、俺の定位置はばあちゃんのいない軒下になったんだよ。

フクが語り終えたところで今度は美憂さんがかすれ気味の声をあげた。

「そして先週、おじいちゃんから私のママに電話があったの。『フクが死んじまった』ってね。死因は老衰だって」

「ばあちゃんが天国で寂しくないように、俺がついていってやることにしたんだよ」

何でもないようにさらりと言ったフクに、美憂さんが語気を強める。

「おじいちゃんをたったひとり残して？　本当にそうなの？　私、このままだとおじいちゃんが可哀そうだったから、せめて最後にフクとおしゃべりしてほしい、って思って連れてきたのよ。おじいちゃんだって『フクと話せるのか？』って聞いてたじゃない！　でも二人は全然話そうとしない。本当にそれでいいの？」

フクは美憂さんの問いかけに何も答えず、手で自分の顔をかくような素振りをした後、再び丸まってしまった。

これ以上は何も話すことがない、と言わんばかりだ。

一方のおじいさんもこちらの様子などまったく興味がないかのように本から目を離そうとしない。

残りはあと十分。

マンガを読む手を止めたソラがじっとこちらの様子をうかがっている。

そろそろ時間だぞ、とでも言いたいのだろう。

私が「ちょっと待って！」と声には出さず口だけを動かすと、ソラは「いやだ！」と大きく口を動かした後、「べえっ！」と舌を出した。

んなっ！　何よ！　ケチ！

そう声に出して文句をつけたいところだが、今は彼の相手をしている場合ではない。

どこかに突破口があるはずよ。

私はもう一度、おじいさん、美憂さん、フクの順に視線を移す。

しかし何も思い浮かばない。

……と、その時だった。

「お客様。コーヒーのおかわりはいかがでしょうか？」

コーヒーポットを手にした八尋さんがおじいさんに声をかけたのだ。

「いや、いい。もう出るから」

ぱたんと本を閉じたおじいさんは首を横に振った。

その様子は取り付く島もない。

しかし八尋さんはいつも通りの温かな口調で続けたのだった。

「そちらの本。私も読みました。著者が先立たれた妻との出会いから別れまでをつづった手記ですよね」

「ああ、そうだがそれがどうかしたか？」と、おじいさんはなぜか苛ついた声で八尋さんに問いかけた。

「いえ、その本を書かれた方の奥様に対する深い愛に感動したのを思い出しまして」

「ふん。まだ途中なのに感想をいわれると読む気が失せる」

「これは差し出がましいことを申しまして失礼しました」

八尋さんは小さく頭を下げると、カウンターの方へ戻ってきた。

そして私と顔を合わせるなり、ニコリと微笑んだのだ。

まるで「あとは頼んだよ」といった風に——。

ドクンと胸が脈打つと同時に、これまでの会話が流れ星のように脳裏をよぎっていく。

さらにおじいさんの読んでいた本の内容……。

それらから導きだされたひとつの答えが、ふっと浮き上がってきたのだ。

確信はない。でも何もしないよりましだ。

そこで私は……。

「美憂さん。おじいさまがお話したいのはフクじゃないのよ——」

賭けに出たのだった。

みんなの視線が掃除機に吸い込まれるように私の顔へ集まった。これまでこちらを見ようともしなかったおじいさんまで、お化けでも見ているかのように凝視してくるものだから、オロオロと挙動不審になってしまいそうな心持ちになる。

でも八尋さんだけは優しい微笑みのまま、小さくうなずいてくれているじゃないか。

「大丈夫。頑張れ」とダンディーな声が脳裏に直接響いてくるようで、もう一歩踏み込む勇気がムクムクとわいてきた。

私は美憂さんにフクを抱っこさせ、おじいさんの前の席に座らせると、おじいさんの方を向いて言った。

「お客様。もう時間がありません。何かお話ししたいことがあるなら今のうちです」

おじいさんがギョロリと猛禽類が獲物をとらえたかのような目で私を睨みつける。

口は堅く閉ざされたままで、「何も話すものか」と石のように固い意志がひしひしと伝わってきた。

だけどここで怖じ気づくわけにはいかない。私はおじいさんの手元にある本に目をやりながら問いかけた。

「奥様のこと……。後悔されているのではありませんか？」

この言葉がおじいさんの逆鱗に触れてしまったようだ。

「赤の他人のおまえに何が分かる!!」

声を荒らげた彼は、ダンとテーブルを手で叩きつけた。

ビリビリと空気が張り詰め、他のお客様の視線もこちらに集まったが、

「申し訳ございません。大丈夫ですから、お気になさらないでください」

八尋さんが別のテーブルを回って必死に注意をそらしてくれている。

今までどんなお客様に対しても「諦めるのを待つしかないんだ」と言っていた八尋さんが、どうしてここまでしてくれるのか、私にはまったく分からない。でも、だからこそ、おじいさんの抱えている『後悔』を解き放てねばならないという使命感が強まった。

一度、目をつむって考えを整理する。

私の賭けは「おじいさんは奥様のことで後悔しているのではないか」ということ。その結果は、おじいさんが感情的になったことで『当たり』であるのは間違いなさそうだ。となれば彼がここにきた理由は。

――天国にいる奥様にフクを通じて伝言を届けてもらいたい。

でしかない。

そのためにはフクにもおじいさんの話を聞く姿勢になってもらう必要があるが、彼も頑なにおじいさんに対して心を開こうとしていないのだ。

腰を落とした私は、フクと視線を合わせた。

「お願い、フクくん。おじいさまの話を聞いてあげてくれないかな？」

「嫌だね。こんなやつの話なんか聞いてやるもんか」

即答で拒否される始末……。

もうっ！　二人ともどれだけ頑固なのよ！

どうしたものかと首をひねる。

しかしその直後だった。意外なところから声が飛んできたのは――。

「ずいぶんな言い方じゃねえか。でもな。あんたもじいさんに言いたいことがあったから、こうしてここにやってきたんだろ？　本当に何もしゃべりたくなければ、姿を見せないまま黄泉に行けばよかったんだからよ」

そう。私に助け舟を出したのは、これまで沈黙を守り続けていたソラだったのである。

「ふんっ！　隣の席の黄泉送りが終わったら、次はおまえだからな。そのつもりでいろよ！」

みながソラを見つめる中、彼は着替えるために不機嫌そうな顔つきでキッチンの奥へ消えていった。

フクにもおじいさんに話したいことがあるって、どういうことだろう……？

なんだか分からないけど、ソラのおかげでフクがおじいさんの話を聞くきっかけにはなったようだ。

フクは「ちっ……。仕方ねえな」とぼそりと漏らして、顔をおじいさんに向けた。

さあ、あとはおじいさんの心を開くだけだ。

でも彼にも変化が生じていた。

きょろきょろと目を動かして、もごもごと口の中で舌を転がしている。

もうっ！　躊躇（ためら）っている場合じゃないのに！

私はたまらず声を発した。

「お客様！」

けれどそんな私を制したのは八尋さんだった。

彼は私の右肩にそっと手を添えて、「美乃里さん。大丈夫だから」と包み込むような口調で私を諭した。

ニコリと微笑みかけた後、首を横に振る。これ以上は何も言わないで、と。

いったいどうして八尋さんは私のことを止めたのだろう？

もう時間はほとんど残されていないのに……。

でも少し垂れ下がった八尋さんの目からは、有無を言わせない強さが感じられる。私は言いたいことをぐっと喉の奥に押し込めて、その場を見守った。

鼻からすぅと音を立てて息を吸い込んだおじいさんは、固く目をつむる。

そしてふぅと大きく息を吐き出すと、ゆっくりとその目を開いた。

「フク。あの世にいるみず江に伝えてほしいことがある」

それはずっと待ち望んでいた言葉だった。

かすれ気味だけど、はっきりとした口調で、彼の強い覚悟がひしひしと伝わってきた。

けれどフクは「はい」とも「いいえ」とも答えず、ただおじいさんを見つめていた。

「いじわるなヤツめ」

おじいさんはふっと口元を緩めると、ゆったりとした口調で話しはじめたのだった。


私がみず江に出会ったのは、高度経済成長期の真っただ中だった頃だよ。戦時中の鬱憤を晴らすかのように、日本中が明るく、パワーにみなぎっていた。

私は東京の大学に通いながら、川越のホームラン劇場でチケットのもぎりのアルバイトをしていた。

昔から映画が根っから好きでね。将来は黒澤さんのように有名な映画監督になるんだって息巻いていたな。

あの頃の私は向こう見ずで、今考えると恥ずかしいことも平気でできた。自分はなんでもできるんだって思い込んでいたんだ。

そんなある日のことだよ。

まだ女学生だったみず江が女友達と一緒に映画を観にきたのは。

透き通るように白い肌と口元を隠しながら笑う上品な仕草が特徴的でね。

後から知ったんだが、彼女は毛並みが真っ白な猫が好きなんだそうだ。

その白猫をかたどった可愛らしい財布からチケットを取り出して、私に微笑みかけてくれた時、電撃が走ったような衝撃を覚えた。

私の一目惚れだった。

みず江のことを「運命の人」と決め込んだ私は、彼女が劇場から出てくるのを待ち伏せしたんだ。

そして目を丸くする彼女に「食事に付き合ってください！」なんて言ったっけ。

今になって思えば、見ず知らずの男からデートに誘われたら、驚くどころか怖いに決まってる。みず江も同じで、彼女は友達にかばわれるようにしながら、その場を去っていった。

でも数日後のことだ。同じ劇場の前まで今度はひとりでやってきた彼女が「先日のお話。まだお気持ちは変わっていませんか？」と言ってくれたのは。

嬉しかったなぁ――。

冗談ではなく、もう死んでもいいと思った。

その後はとんとん拍子というか、付き合いはじめてから五年後に結婚して、その数年後に子どもが生まれて――。

私は必死に働けば家族を幸せにできると信じて、遮二無二仕事に没頭した。そうして気づけば、みず江は私を残してあの世に逝っちまった。

今思い返すと、みず江には申し訳ない気持ちしかない。

私のわがままで彼女を死ぬまで振り回してしまった。

だから、フク。

みず江に伝えてほしいんだ。

おまえの気持ちなんて関係なしに、ホームラン劇場で声をかけて、すまなかった。

初めてのデートで、ホラー映画が苦手なのを知らずに、映画館で怖い思いをさせてしまって、すまなかった。

本当は沖縄の海が好きなのに、新婚旅行は北海道で山登りさせちまって、すまなかった。

ひとり息子が生まれた日。出産の瞬間に立ち会えなくて、すまなかった。

育児も家事も全部おまえに押し付けてしまって、すまなかった。

たまに一緒に酒を酌み交わすことくらいでしか感謝の気持ちを示すことができなくて、すまなかった。

そして……。

おまえの最期を看取ってやれなくて、すまなかった。

おじいさんの言葉が止まる。

それまで黙って聞いていたフクが、先を促すように首をかしげたが、おじいさんは口を結んだままだ。

フクは何度かまばたきをした後、淡々とした口調で言葉を並べた。

だがその内容は驚くべきものだった——。

「その伝言……。ばあちゃんに伝えるわけにはいかねえな」

「どうして……？」

顔を真っ青にした美憂さんが真っ先に反応し、私は言葉を失ってしまった。

かたくなに自分の内面をさらけ出そうとしなかったおじいさんが、自分を変えてまで、絞り出した言葉なのだ。ウソ偽りのない、真っすぐで透き通った想いなのは、赤の他人の私にも痛いほど伝わってきた。

それを「伝えられない」と一蹴するだなんて……。

私は心配になって、フクからおじいさんに視線を移した。

けれど彼は驚くほど冷静な顔つきでフクのことをじっと見つめていたのだ。

そしてフクの大きな瞳の奥から何かを感じたのだろうか。

目をつむりながら微笑むと、「おまえの話したいことを話してみろ」と促した。

するとフクは、おばあさんが亡くなった日のことを、もう一度語り出したのだった——。

あの日のばあちゃんはとにかくよくしゃべったんだよ。

目をらんらんと輝かせて、遠くを見つめてさ。

まるで俺とは違う景色を見ているみたいだった。

「喜明さんはね。映画が本当に好きでね――」

喜明……？　ああ、じいさんのことか。

宅配便のお兄さんが荷物の受取人を確認する時くらいしか、じいさんの名前なんて聞いたことなかったから、誰のことだかぱっと思いつかなかった。

でもばあちゃんは、なんで今さらじいさんのことを話しはじめたのだろう？

そう疑問を覚えながらも、俺はばあちゃんの話に耳を傾けていた。

「女学生だった頃、お友達同士で川越のホームラン劇場へ映画を観にいった時にね、もぎりのアルバイトをしていた喜明さんと出会ったのよ」

キラキラ目を輝かせるばあちゃん。小さい頃の美憂と瓜二つだったな。

「グレーのベレー帽を斜めにかぶっていて、ちょっと日本人離れした端整な顔立ち。まるで映画のスクリーンから出てきたスターのように、私には見えたわ」

あのじいさんが？　俺にはまったく想像できなかった。でも、ばあちゃんは俺にウソなんて言わない。だから本当にかっこよかったんだろうな。少なくともばあちゃんにとっては。

「父親以外の男の人と接するなんて、小学校以来ほとんどなかった私は、彼と目を合わせただけで、胸をドキドキさせちゃってね。ふしだらと笑ってくれてもいいのよ。チケットを手渡す時に、ちょっとだけ指を伸ばして彼に触れたの」

ばあちゃんは恥ずかしそうに笑みを浮かべてたな。

「顔がかっと熱くなって、ふわふわと浮き上がったような気分になってね。その後の映画の内容なんてまったく頭に入ってこなかった。映画が終わって、なんだか夢からさめたようで寂しい気持ちになっていたのだけど、私にとっての本番はここからだった。なんと喜明さんが劇場の出口で待っていてくれて、私を食事に誘ったの！」

ばあちゃんの声が弾む。俺の胸もちょっとドキドキしたのを今でも覚えているよ。

「その時はパニックになってしまって、逃げるように帰ってしまったのだけど、すごく後悔してねぇ。だから覚悟を決めて、数日後にもう一度会いに行ったのね。嫌われても仕方ない。でもこのまま顔を合わせなければ、もっと後悔するってね。そしたらまた食事に誘ってくれた。すごく嬉しくて、天にも昇るような気分だったわ――」

目を細めたばあちゃんは空の方を見た。この日は雲ひとつない晴天だった。

「今でもすごく感謝しているの。もちろん喜明さんのことよ。だって私には彼を食事に誘う勇気なんて、これっぽっちもなかったんだもの」

ばあちゃんは俺の方に視線を落とした。

「もしできるものなら、喜明さんに『あの時、食事に誘ってくれてありがとう』って伝えたい。でも、私ったらだめね。歳を重ねるたびに頑固になって。私の口から喜明さんに、昔のことを『ありがとう』なんて言えない」

　ばあちゃんが、俺の背中を優しくなでる。そして、ひと呼吸おいてから切り出した。

「だからフク。もしあなたがいつか喜明さんとお話できるようになったら、あなたの口から彼に伝えてほしいのよ——」

　その後もさ。

　じいさんとののろけ話だったよ。

「初めてのデートはね。映画に行ったの。ホラー映画。ふふ。私、昔からホラー映画が苦手で。ずっと目を閉じてたんだけど、すごく幸せだったのよ。だって喜明さんが、ずーっと手をつないでくれていたから」

　でも……。でもさ……。

「新婚旅行は北海道で山に登ったの。山頂から眺める景色はとってもきれいでね。心の底から、ここに連れてきてくれた喜明さんに感謝したわ。そして一生この人について行こうって、あらためて誓ったのよ」

　ばあちゃんの顔が、今までにないくらいに輝いていたんだよ。

「息子が生まれたのは、雪が降る寒い日だったわ。出産の瞬間に立ち会えなかった喜明さんに、私はちょっぴり拗ねてね。でも退院した後、彼が裸足でいた時に気づいたの。足の裏が傷だらけだって。彼は最後まで教えてくれなかったんだけど、お義母さんから聞いたのよ」

なんでだよ。なんでそんな話を俺に聞かせるんだよ。

「出産の日。彼はお百度参りをしていたの。しかも凍えるような寒さの中を裸足でね。それを聞いた時、必死で神様にお参りしている姿を想像したら、嬉しくて思わず泣けてきてね。ありがとう、って心の中で何度も頭を下げたのよ」

俺はずっとばあちゃんのことが不憫でならなかったんだぜ。じいさんがばあちゃんのことなんて見向きもしないからさ。

でもよ……。

「毎日朝早くから夜遅くまで、私と息子のためにお仕事頑張ってくれて。どんなに忙しくても愚痴のひとつも言わずにね。本当にありがたかった。おかげで息子は立派に育って、可愛い孫まで生まれたんだもの」

無邪気な笑顔で話すばあちゃんを見て、俺は心の底から安心したんだ。

だってさ……。

「たまに私をお酒に誘ってくれてね。二人きりで過ごす時間はとても楽しかったわ。何度、ありがとうを言っても足りないくらい感謝してる」

ばあちゃんはじいさんと一緒になれて、誰よりも幸せだったんだから。

「私はあなたと一緒に人生を歩むことができたことに感謝しております」

ああ……。俺はとんだ勘違いをしてたんだ。

「ありがとうございました。心から愛しております。そう伝えてくれるかしら——？」

それがばあちゃんの最期の言葉だったよ。


うつむき加減のフクのことを、おじいさんは目を大きく見開いて見つめていた。

それはそうだろう。

おじいさんの『謝りたいこと』が、おばあさんにとっては『感謝したいこと』だったのだから……。

場がしんと静まり返る中、煙をくゆらすように尻尾を揺らしたフクは、丸くなりながらつぶやいた。

「これで分かったろ。じいさんの伝言をばあちゃんに言うわけにはいかねえってことが……」

そのとおりね……。

おばあさんの素敵な思い出に対して、おじいさんは逆に申し訳ない気持ちでいっぱいだったなんて、言えるわけないもの。

おじいさんはどう思っているんだろう。

フクから目を離し、おじいさんに視線を移す。

その次の瞬間、私は思わず「えっ？」と声をあげてしまった。

なぜなら彼の目は喜びに満ちていて、頬は興奮で赤くなっていたのだから――。

「そうか……。みず江は幸せだったのか……。それはよかった。本当によかった」

おじいさんは思いの丈を絞り出すようにそう言うと、空になりかけたコーヒーカップを持ち上げた。その手はわずかに震え、結んだ唇もまた小刻みに動いている。

油断すれば涙が落ちてしまいそうなのを必死にこらえているのは、「孫の前で泣いてたまるか」という彼の意地なのかもしれない。

そしておじいさんはコーヒーを口にする前に、フクに対し、あらためておばあさんへの伝言を告げたのだった。

「私もみず江のことを愛している、と伝えてほしい」

とてもシンプルだけど、おじいさんらしくていいと、私には思えた。

美憂さんも同じように感じたのだろうか。うんうんと満足そうにうなずいている。

でもフクは相変わらず意地っ張りみたい。

ふと顔をあげると「気が向いたらな」とだけ言って、また顔を伏せてしまったのだ。

そんなフクに対しておじいさんは穏やかな口調で問いかけた。

「おまえは私のことが嫌いか？」

「ふん、聞くまでもないだろ。それにじいさんだって俺のことなんか、なんとも思ってないんだろ？　そもそも俺を施設から連れ出してくれたのは、ばあちゃんだったんだから」

彼らの会話はそれっきり途絶えた。

おじいさんは小さな笑みを浮かべた後、残ったコーヒーをくいっと飲み干した。ほぼ同時に、チリリンと鈴の音が鳴る。

ソラだ――。

いつも通りに正装した彼は、テーブルの前までやってくるなり、ぐいっとお腹を押されるような張りのある太い声をあげた。

「黄泉送りの時間だ」

柔らかな空気がピリッと張り詰め、美憂さんの背筋がすっと伸びる。ぴょこんと地面に降り立ったフクは四本の足を踏ん張って、大きく伸びをした。

「じゃあな」と、素っ気なく言ったフクは、ソラに向かってテクテクと歩いていく。

そんな中だった。空気を切り裂くような高い声が響いたのは――。

「ちょっと待って!!」

その声の主は何を隠そうこの私、関川美乃里だった。

「おいっ、美乃里！　邪魔をするな！」

雷を落としてきたソラ。私はなるべく冷静に答えた。

「そりゃあ、私だって、めでたしめでたし……だったら引きとめなんかしない。でも本当にそうかしら？」

「どういうことですか？」

眉を八の字にした美憂さんが問いかけてきた。

足を止めたフクと、コーヒーカップから手を離したおじいさんも、視線を私に向けている。

みんなが不思議がるのはよく分かってるつもり。

でもおじいさんとフクの間には、まだ大きな溝があるのは、さっきの会話からも明らかだもの。

ここ楓庵は飼い主とペットが笑顔でお別れする場所でしょ。

だったら今のままでフクとおじいさんをお別れさせるわけにはいかない。

私は一度大きく深呼吸をした後、ぐっと腹に力を込めて言った。

「確かに奥様の想いはお客様に通じたかもしれません。でもお客様の想いはフクくんに通じたでしょうか？」

おじいさんが口を少しだけ開ける。その視線は徐々に突き刺すように鋭くなっていった。

それでも私は彼から目をそらさずに続けた。

「お客様。フクくんに隠していることがあるなら、今お話しください。でないと、きっと後悔してしまいます」

「いったい私が何を隠しているというのか？」

おじいさんの口調が冷たい。眉間にしわを寄せ、顔はほのかに紅潮している。

でも感情をあらわにするのは、さっきと同じだった。

つまり触れられたくない想いに触れられた時だ。

だから私は確信した。

「フクくんを我が子に迎えようと決めたのは――奥様ではなく、お客様だったのですよね？」

と――。

「えっ……？　おばあちゃんが決めたんじゃないの？」と美憂さんが言えば、

「美憂の通りだ。俺は確かにこの耳で聞いたんだからな。ばあちゃんが俺の名前を決めてくれたのを」とフクが続く。

でも誰がなにを言おうとも、私はおじいさんから注意をそらさなかった。

私の視線を嫌うようにおじいさんは天井を見上げた後、顎のあたりを右手でなでた。

そしてもう一度私に視線を戻してから、落ち着いた声で問いかけてきたのだった。

「どうしてそう思うんだ？」

「だって奥様は『毛並みが真っ白な猫』が大好きだったのですよね。でも、フクくんの毛色はキジトラですから……」

「たまたま白い猫がいなかっただけ、とは思わんのか？」

「そうかもしれません。でも本当にそうなんですか？」

おじいさんが私をじっと見つめた。

鋭く光るその瞳は、まるで鋭利な刃のように私の顔に突き刺さる。

正直言って、すごく怖い。せっかく良くなりかけた雰囲気が壊れてしまうかもしれない、という不安もある。当然、無礼なことを言った私のことをおじいさんは嫌うだろう。

心が今にもポキッと音を立てて折れてしまいそうになる。

でもその時……。


――私、桜が見たい……。


綾香のかすれた声が脳裏に響いてきた。

そうだ……。

このまま引き下がったら、私はやっぱり何も変わっていないことになる。

勇気をもって、あらゆる後悔を捨てて笑顔でお別れするペットと飼い主の姿を何度も見てきたのに。

ここで、一歩前に出なければ、全部パアだ。

そんなの絶対に嫌！

だから私は……。私は絶対にあきらめない！

ほんの少しだけ頬に力を入れて口角を上げた。

どんな時でも笑顔を忘れない——だよね？ 綾香！

恐怖と不安が自然とやわらぎ、おじいさんを見つめる目に力が入る。

するとおじいさんの目に柔らかな光がおびてきたではないか。

そうして完全に角が取れたところで、彼はあきらめたように乾いた笑みを浮かべ、肩をストンと落とした。

「……おっしゃる通り。私がこの子を選んだんだ」

ウソ……。ほんとに？

思惑通りだったのに、かえって驚いてしまった私をしり目に、おじいさんは慈しむような、それでいてちょっとだけ恥じらうような細い声で続けた。

「まだ子猫なのに、ぶすっとした顔しおってな。みゃあと甘える声も出さない。可愛げのかけらもないヤツでね」

フクが何か言いたげに口を半開きにしたが、おじいさんは口を挟ませずに続けた。

「ああ、こいつは私にそっくりだ。そう思ったとたんに、妙に愛くるしくなってしまってな。こいつとならみず江と三人で幸せに暮らせる――そう思えたんだ」

「んで、どうだったんだよ？」

フクがぶっきらぼうにたずねると、おじいさんははっきりとした口調で答えたのだった。

「幸せだったよ。ありがとな――」

店内に春風のような優しい余韻が漂う。

「そうかい」

そうつぶやいたフク。

フワッ。

しなやかな動きで体を宙に浮かせると、おじいさんの膝の上におさまった。

はじめは驚いたように目を丸くしていたおじいさんだったが、すぐに目を細めて口角を上げた。

「どうだ？　私の膝の上は」

「思ったより居心地がいいじゃねえか」

「気づくのが遅い」

「んで、じいさんはどうなんだよ？　俺を膝の上に乗せて」

「気持ち悪かったら追い払っとる」

「ちっ……。素直じゃねえな」

「おまえに言われたくない」

二人の会話はそこで途切れた。

おじいさんは八尋さんに向けて軽く手を挙げると「悪いが、コーヒーのおかわりをお願いできるかな？」と言った。

八尋さんがちらりとソラに目配せをしたのは、言うまでもなく「少しだけ黄泉送りの時間を延ばしてくれるかい？」とお願いしたいのだろう。

だから私も同じようにソラへ視線を向けて、懸命にウィンクを飛ばした。

「二人してなんだよ!? 特に美乃里！ 気味悪いからやめろ！ ……ったく。今から十五分後に次の予約客が来るんだろ？ そこまでだからな」

そうぶっきらぼうに言ったソラは、黄泉送りをする格好のままカウンターの隅にどかりと腰をかけ、マンガ本を開いた。

あとは美憂さんね。でも私が気を遣うまでもなかったみたい。

彼女は黙ったまま立ち上がり、カウンターの席に腰をかけ、ハーブティーを注文した。

こうしておじいさんとフクによる、ふたりっきりの時間が訪れた。

コーヒーを口にしながら、右手でゆっくりとフクの背中をなでるおじいさん。フクはその手にすべてをゆだねて、気持ちよさそうに舌をちょろっと出して寝ている。

最後まで二人の間に言葉はなかった。

でもきっと互いの温もりから、無数の「ありがとう」を交わしたんだと思うの。

だってソラに連れられていったフクのことを、おじいさんはとても清々しい笑顔で見送っていたのだから――。

「むふふぅ！」

「なんだよ、美乃里⁉　いつも以上に気持ち悪い笑い方しやがって！」

その日の仕事終わり。いつも通りに店内の清掃を終えた後も、私は上機嫌だった。

そのおかげか、ソラに『いつも以上に気持ち悪い』って言われても、なーんにも感じない。むしろ嫌みすら可愛らしく思えるわ。

カウンター席で両肘をついてニコニコしていると、お皿を下げてくれた八尋さんがコーヒーを差し出しながら目を細めた。

「ずいぶんと気分が良さそうだね？」

「だって今日は三人で力を合わせてお客様の問題を解決したじゃないですか！」

「ああ……。フクとじいさんのことか。別に俺はおまえと力を合わせたおぼえはねえよ」

ソラが八尋さんから出されたオレンジジュースをストローでちゅーっと吸いながら、ぷいっとそっぽを向く。その背中を私は肘でツンツンとつついた。

「ふふっ。またぁ！　照れなくていいの！」

「誰が照れるもんか!!」

八重歯をむき出しにしながら高い声をあげるソラをそのままにして、今度は八尋さんと向き合った。

「八尋さん。今日はありがとうございました！」

「どうして僕に礼を？」と、八尋さんは細い目を少しだけ見開いて、小首を傾げる。

私はその問いに答える前に、コーヒーカップを顔に近づけて目をつむる。ふわっと香ばしい匂いが鼻をつき、ますます心が軽くなったところで、口を開いた。

「八尋さんがおじいさんの読んでいた『本』のことを教えてくれなかったら、きっと上手くいかなかったからです」

「そうか……。でも美乃里さんが得をしたわけでもないのに、どうしてお礼を言わなくちゃならないんだい？」

「ふふっ。だって嬉しかったんですもの！」

「嬉しかった？　何が？」

「八尋さんとソラが助けてくれたことです！　だから『ありがとうございました』でいいんです！」

目をさらに大きくして言葉を失っている八尋さんの代わりに、ソラが目を輝かせながら身を乗り出す。明らかに何か企んでいる顔だ。

「俺には礼はいらないからな。その代わり、パフェをおごってくれればそれでいい！」

やっぱりそういうことだったのね。

首をすくめた私を見て、八尋さんが優しく微笑んでいる。

「んで、んで。いつパフェ食べに行く？　俺はなぁ――」

ひとりで勝手に盛り上がっているソラ。

カウンター席に座って、静かにコーヒーを口にし始めた八尋さん。

二人の間に挟まれる私。

とても穏やかで温もりのある時間が、ゆったりと大きな川のように流れている。

今、この瞬間を切り取って、大切にしまっておきたい！

……なんて無茶な願いが頭に浮かんでしまうくらいに――。

「そうだ！」

私はバッグからスマホを取り出して、ぐいっとソラを自分の近くに引き寄せた。

「なっ、なにするんだよ！」

驚く彼の耳元で「スマイルだよ！」と告げた瞬間に、
パシャッ！

スマホで三人が入るように自撮りをしたのである。

「なんで写真なんて撮ったんだよ⁉」

口を尖らせたソラに対し、私は「記念よ！　記念！」とだけ答えた後、程よくぬるくなったコーヒーをごくりと飲み干して、席を立った。

「では、お先に失礼します‼」

楓庵を出ると、思わずぶるっと身震いしてしまうほど冷え込んでいる。いつの間にか季節は夏を通り越し、秋から冬に向かっている証だろう。

でも撮ったばかりのスマホの写真を見ると、自然とポカポカしてきた。

今日は日曜日。恒例のスイーツの日だ。

「よしっ！　今日は特別にお芋シュークリームと芋羊羹の二つを買って帰ろう！　むふふっ！」

なぜ特別なのかは当の本人ですら分かっていない。

でもそんなことなど気にするはずもなく、最高潮の気分のまま、弾むような足取りで夜道を急いだのだった。

楓庵の片隅に古いピアノが置かれている。普段から黒い布に覆われ、灯りの届かぬところにあるものだから、誰も気にとめようとしない。美乃里にいたっては気づいているかも怪しいくらいだ。

美乃里が去ると、店内は急に寂しくなる。

洗い物を終えた八尋は、ふらりと吸い寄せられるようにピアノの前に立った。

カウンターでマンガを読んでいたソラが、八尋の背中に目を向ける。

八尋はその視線を感じていたが、気にせずにピアノを覆っている布を少しだけめくる。あらわになった艶やかに黒光りするピアノの鍵盤蓋。彼はそれをじっと見つめていたが、ふぅというため息とともに再び布をかぶせた。

「いいんだよ。無理しなくても」

ソラが八尋の背中に声をかけたが、彼は何も言おうとせず、静かにカウンターの奥へと消えていった。

そして手元の古びたカギをじっと見つめながら、大きなため息をついたのだった。

第二幕　伝言ふたつ　【完】

# 第三幕　星になって見守るから

『楓庵』の定休日は木曜日。私、関川美乃里は、はじめ土日のみ出勤していた。

けれど十二月からは金曜日も『楓庵』で働かせてもらうようにしている。

ちなみに『本業』である広告代理店には月曜から水曜までの週三日出勤している。だから お休みは実質週一日だけだ。

『ええっ!?　週一しか休みないのきつくない!?　私には無理』

『美乃里。そんなにお金困ってるの？　大丈夫？』

『どうでもいいけど働きすぎだから！』

広告代理店の同僚たちはそう言うけれど、別にきつくないし、お金にも困ってないし、働きすぎとも思ってない。

まあ、お金に関しては、正直言ってもっと欲しい。けれど近頃は苦手だった自炊に挑戦するようになったし、『金曜の夜』を家で過ごすようになったから、経済的にはだいぶ余裕ができてきた。プチ贅沢と言えば日曜の夜に買って帰る川越の銘菓くらい。

芋羊羹、スイートポテト、お芋シュークリーム、お芋チーズケーキ——これらを週替わりでローテーションを組んでいる。どれも絶品で、ネット配信の海外ドラマを観ながら食べるのが至福の時なのだ。

そして金曜も働くようになったのは、お金のことではなくて、単純に『楓庵』での仕事が好きだから。

近頃、キッチンにも入らせてもらえるようになったのは嬉しかったな。

さらに私が色々と仕事をこなせるようになってきたから、予約も同時に三組まで受けることになった。ますます忙しくなったけど、すごく充実した日々を送っている。

それからもうひとつ、ちょっとした変化があった。

「おまたせしましたぁ！　美乃里特製チャーハンでございます！」

「おお！　やっとできたかぁ！　待ちくたびれたぜ！」

仕事終わりのまかないを私が作ることになったのだ。……と言っても、余った食材を炒めたり、煮込んだりするくらい。だからレパートリーはほとんどない。

今日はハムサンドに使ったポークハムとレタスが少しだけ余ったから、ご飯と卵、それにネギを加えてチャーハンにしたというわけだ。

カウンターに三人で横に並んでいただくのが日課になっており、この日もまた同じだった。

「おお！　うめー！　美乃里もちょっとは役に立つようになってきたじゃねえか！　ははは!!」

ソラは相変わらず口が悪いけど、もはや慣れっこだ。それにご飯粒をほっぺにつけたままケラケラ笑っているのを見れば、かわいらしさすら感じる。

そして……。

「うん、美味しい。いつもありがとう、美乃里さん」

八尋さんがいつも目を細めて喜んでくれるのが嬉しい。

ちょっと前にソラから聞きだしたのだけど、八尋さんは独り身で夕食をいつもコンビニ弁当ですませているようだ。

暗い部屋の中でひとり寂しくご飯を食べる八尋さん――想像しただけでも胸がチクリと痛む。

別にコンビニのお弁当が悪いってわけじゃないけど、こうしてみんなで囲む食卓はきっと身も心も温かくしてくれるはず。だから私はまかないを作ることにしたのだ。

「どういたしまして！　じゃあ、私もいただきます！」

レンゲいっぱいにチャーハンをのせて口元に持ってくると、焦がしたニンニクのいい匂いが鼻をつく。口の中に放り込んだとたんに、ハムの塩気とコショウの刺激が口に広がり、追ってネギや卵のほのかな甘みがやってくる。

「うーん、我ながら美味しい！」

やっぱり食事は人を幸せにしてくれるわ！

食後のコーヒーを飲み終えるまで、楽しい時間はしばらく続く。

外は寒いけど、店の中は秋の陽だまりの中にいるかのようにポカポカしていた。そんな中でソラはもちろんのこと、八尋さんも穏やかな笑みを浮かべている。

でも私はこの頃から気づいていた。

八尋さんの瞳に宿る、深い哀しみに……。

その正体はまだ分からないし、知る必要すらないかもしれない。

そうだとしても、いつか心の底から笑えるようになってほしい。

私の中でそんな思いが芽生え始めていたのだった。

街がクリスマスの装飾に彩られはじめたある日のこと。
壁掛け時計が午後三時をさした頃、この日は珍しくお客様が途切れて、ほっと一息つく余裕ができた。午後五時から『佐藤智也（さとうともや）』という方の予約が入っているが、それまでお客様はこない。

ゆったりと流れる時間に身を任せていると、いつも冷静沈着な八尋さんが珍しく、「しまった！」と焦った声を出した。

「どうしたんですか？」と目を丸くして八尋さんを見つめた私に対し、彼はポリポリと頬をかきながら答えた。

「牛乳を切らしているのをすっかり忘れてたんだ。お料理にも使うからね。美乃里さん、少しだけここを任せても平気かな？　ちょっと通りまで出て買ってくるから」

「あ、それなら私とソラが行ってきます！」

「はぁ⁉　なんで俺が行かなきゃなんねぇんだよ。めんどくせぇ」

露骨に嫌な顔をするソラの腕を強引に引っ張る。

だって普段から忙しい八尋さんが休憩できるチャンスなのに、ソラがいたのではおちおち休んでられないもの。

「おいっ！　八尋！　こいつを何とかしろ！」

「では、八尋さん、いってきますね！」

「美乃里さん、ありがとう。次の予約までは時間があるから、町でのんびりしてきてもいいよ」

「だから俺は嫌だって！」

私は暴れるソラを抱きかかえるようにしながらお店を出た。

お言葉に甘えて、ちょっとだけ寄り道をしよう。

そうだなぁ、何か甘いものでも八尋さんに買って帰ろうか。

何がいいかな？

くらづくり本舗の「べにあかくん」っていうスイートポテトにしようかな？

それとも「芋クリームどら焼き」がいいか。いや、「小江戸川越シュー」という手もあるわね！

ああ、迷っちゃう。どれも絶対に美味しいに決まってるわ！

早く食べたい！

……と、いつの間にか自分で食べることを妄想しながら、弾むような足取りで、駅前の方へ向かったのだった。


「おい！　見ろよ、美乃里！　これも旨そうだぞ！」

「ほんとね！　お芋がごろりと入った芋羊羹かぁ」

「ちょっとひとつ買って味見してみようぜ！　本当に旨かったら八尋に買っていってやろう！」

「もうっ！　……仕方ないわね」

「「うっまーーい!!」」

こんなことを繰り返すこと、既に四軒……。

気づけば両手はお土産のお菓子でいっぱいになっている。

楓庵のアルバイト代が出るようになったからといって、お金に余裕がある訳じゃないのに、「八尋さんに美味しいものを！」と考えると、ついつい買っちゃうのよね。

しかも川越には色々なお菓子屋さんが多いんだもの。財布の紐が緩んじゃうのも仕方ないと思うの。

はじめは渋々だったソラも、今は目を輝かせている。

さてと。芋羊羹の次はどうしようかしら。

そう首をひねらせていると、ソラが眉をひそめた。

「なあ、美乃里。そろそろ帰らなくていいのか？」

「へっ？」

ちらりとスマホを見ると、いつの間にか午後四時を回っている。

「いけないっ！　もう戻らなきゃ！」

慌てて楓庵の方へ踵を返した。その瞬間……。

「ワンッ!!」

太くて低い犬の鳴き声が耳に飛び込んできた。

何事かと顔を向けると、人通りの多い歩道のど真ん中でゴールデンレトリバーが、落ち着きなくウロウロしている。言うまでもなくリードにつながれてはいるものの、飼い主の若い女性は完全に振り回されていた。

「エトワール！　そっちじゃないって！」

私と同年代くらいだろうか。ふんわりとしたボブカットが良く似合う可愛らしい人だ。ゆとりのあるニットにロング丈のアウターを羽織っている。だが私が思わず「あっ」と声をあげてしまったのは、彼女の左肩にかかったバッグにピンク色のマタニティマークがついていたからだ。

つまり彼女のお腹の中には赤ちゃんがいる。

でもゴールデンレトリバーはそんなことなどお構いなしに、彼女の言うことを聞かずにあっちこっちへ引っ張っているのである。

「ねえ、ソラ。どうにかしないと、彼女のお腹の赤ちゃんに良くないわ」

私がソラに話を振ったのは、これまで彼が『黄泉送り』をする時にペットを意のままに操っているのを見てきたからだ。

当然、彼らは霊魂だったわけだけど、ソラなら暴れているゴールデンレトリバーを上手にコントロールできるのではないかと直感したのだった。

けれど彼は全然乗り気じゃないみたい。

「へんっ。知ったことか！　ろくに世話もできねえのに、犬を飼うなってことだよ。それにあいつらは俺たちと何の関係もないじゃねえか！　余計なお節介かもしれねえだろ」

吐き捨てるように言って、そっぽを向いてしまった。

確かに彼の言い分も一理あるかもしれないけど、このまま放っておくわけにはいかない。

でもいったいどうすればいいのだろうか……。

そう思案していると、彼女の口から驚くべきことが聞こえてきたのである。

「楓俺はそっちじゃないのよ！　お兄ちゃんに会いに行くんでしょ！」

私とソラは目を合わせる。

そしてニタリと笑った私を見て、ソラは頭をかきながら「しゃーねえなぁ」と言って、ゴールデンレトリバーの方へ足を向けた。

「さあ、いい子だ。こっちへ来てごらん」

幼い見た目とわがままな性格からでは想像もつかないような、胸の奥にまで響くソラのハスキーボイス。私に向けられたわけではないのに、彼の深い慈しみの念に心が揺さぶられる。

ソラはいつだってペットたちに対して包み込むように優しい。まるでどこまでも続く大きな海みたい。

だからペットたちもそんな彼に従順になる。

「クゥ」

あれほど暴れていたゴールデンレトリバーのエトワールが大人しくなって、ソラに頭をこすりつけている。この様子に女性が感嘆の声をあげた。

「すごい！　何日も一緒にいる私には全然なついてくれないのに」

なぜか自分のことが褒められたかのように、私は嬉しくなった。

「ふふ。さすがね。ソラ様！」

「うっせえ！　気持ち悪いから『様』はよせ！」

ソラは本当に不思議な子だ。いや……『子』じゃなくて『神様』だったっけ。

でも神様のくせして、妙に人間味が強いのよね。すぐ怠けるし、甘いものには目がないし、喜怒哀楽がはっきりしてるし……。それでいて、人に対しても、ペットに対しても常に誠実そのもの。決して騙そうとしないし、いつだって真剣に相手と向き合っているのがそばで見ていてもよく分かる。どんなペットからも慕われる理由は、そんな人間味があるからなのかもしれない。かく言う私も、なんだかんだ言ってソラのことが好きだし、多少のいたずらも許せてしまう。

けれど疑問なのは、どうして神様のソラがカフェにいるのかってこと。

神様って神社にいるものじゃないのかしら？

それに神様って人間の目に見えるものなのかな？

まだまだ分からないことだらけ。いつかはソラの秘密を知る機会があるのだろうか。そしてソラのすべてを知った時、私は今までと同じように彼と接することができるのかな……。なんだか少し怖い気がする。

そんなことを考えながら、三芳野神社の方へバスを使わずに歩いて向かったのだった。

ゴールデンレトリバーを連れた女性は吉田瑞希さん。五時から予約している佐藤さんの妹さんなのだそうだ。読み通りに私と同じ二十八歳で、お腹に赤ちゃんがいるのが分かったのは一昨日とのこと。

とても礼儀正しくて謙虚な人で、私たちが楓庵の店員であることを打ち明けたうえで楓庵まで付き添うと申し出たら、何度も頭を下げていた。はじめはちょっと壁を感じたけど、五分もすれば下の名前で呼び合うほど、すっかり打ち解けたのだった。

「瑞希さん、ごめんね。牛乳買うのに付き合わせちゃって」

「ふふ、気にしないでください。むしろ私の方こそ助けてもらっちゃって、ありがとうございます」

瑞希さんがちらりと背後を見た。その視線を追うと、不機嫌そうな顔をしたソラがエトワールを引っ張って歩いている。エトワールはついさっきまで落ち着きなかったけど、今は大人しくソラに従っていた。

何か言いたそうなソラが口を開く前に、私は声をあげた。

「いえ、いいんですよ！　どうせお店に戻るところでしたから！」

「そう言ってもらえると嬉しいわ。ところでこのまま楓庵に連れていってもらって本当に大丈夫ですか？　まだ予約の時間よりも早いですよね？」

「きっと平気ですよ。今日は他に予約もないし。ね？　ソラ」

私は再びソラに目をやった。ソラはふいっと横に顔を背けながら口を尖らせた。

「へんっ。仕方ねえだろ。店の外でこいつに暴れ回られても困るからな」

手にしたリードをくいっと引っ張ったソラに応えるようにして、エトワールが顔を上げて、尻尾をぶんと振った。ソラが優しく目を細めてエトワールの頭をなでる。

「ほんと、素直じゃないんだから」

「あん？　なんか言ったか!?」

ソラの問いかけを無視して視線を瑞希さんに戻した私は、気になっていたことをたずねた。

「ところでなぜお兄さんの予約なのに、瑞希さんがエトワールを連れてきたのですか？」

私の質問に一瞬だけ瑞希さんは目を泳がせた。

いや、それだけでなく、寂しさのようなものを目に映したのだ。

「実は兄の飼い犬なんです。私は一週間前から預かっている、と言いますか……」

「そうだったんですか……。だから上手くコントロールできなかったんですね」

「恥ずかしい話です。私がまだ幼い頃、犬を飼ってましてね。ワンちゃんの扱いにはちょっと自信があったんです」

「へえ！　どんなワンちゃんだったんですか？」

「雑種の大型犬です。名前は流星。私と兄が生まれる前から家で飼っていたそうなんです。私が三歳の時に母を亡くしまして……。それ以来、流星はずっと母親のように私たちの成長を見守ってくれてたんです。そんな流星も私が小学校に上がった年に亡くなりました。それまで一度も泣き顔なんてみせたことない兄が一週間も泣きっぱなしだったんですよ。その後も『いつか大人になったら流星のような優しい犬を家族にするんだ』って、事あるごとに言ってました」

「そうだったんですか。それでエトワールを飼い始めたということですね。でもそんな大事なワンちゃんをどうして瑞希さんに預けたんでしょうか？」

「それは……」

瑞希さんは言葉を濁した。

きっと人には言えぬ深い事情があるのだろう。

私はともすれば落ち込みそうな空気を振り払うように高い声をあげた。

「答えづらいこと聞いてごめんなさい！　楓庵はもうすぐそこですから！　さあ、行きましょう！」

「え、ええ。よろしくお願いします！」

その後は瑞希さんの結婚のことなど、他愛もない会話で先を急いだ。

水色だった空に黒とオレンジの二色が混じり始めたところで森に入る。

木の影で覆われた森の中は薄手のコートではちょっと寒いくらいだ。

でも瑞希さんは身震いひとつせず、緊張した面持ちで口をきゅっと結んでいる。

そして『楓庵』と書かれた木の看板が見えてきたところで、彼女は足を止めたのだった。

「あの……。ちょっと言いづらいんですけど、兄がくるまでエトワールをここで預かってもらってもよいでしょうか？　私は時間になったら迎えにきますので」

「えっ？　お兄さんとご一緒しないのですか？」

「ええ……。はい。ええっと……。今日はエトワールのために予約したので……。あと、これを兄の会計に使ってください」

そう言って、瑞希さんは私の手に五千円札を握らせた。

どういうことだろう？

お兄さんと瑞希さんとエトワールで過ごせばいいのに。

目を丸くした私のズボンをソラがくいっと引っ張った。

「別にいいじゃねえかよ。好きにさせてやれば。それにどうせ暇なんだ。こいつの面倒を見てやるくらい、どうってことねえだろ」

「え、ええ。そ、そうね」

「ありがとうございます！　では途中で通り過ぎたカフェにおりますので、兄が帰ったら電話くれますか？」

「はい、じゃあ連絡先を交換しましょうか」

瑞希さんは私とＬＩＮＥを交換した後、来た道を引き返していった。

店に戻った私たちを八尋さんは「おかえり。悪かったね」といつもの優しい笑顔で迎え入れてくれた。そしてエトワールのことも喜んで引き受けてくれたのだった。


壁掛け時計が五時を指すちょっと前に、チリリンとドアの鈴が音を立てた。

店内に入ってきたのは三十代くらいの男性だ。よく日に焼けた顔に短い髪が良く似合っている。私が「いらっしゃいませ！」と声をかけると、白い歯を見せて爽やかな笑みを浮かべた。

「予約していた佐藤です」

彼がそう告げたとたんに、部屋の隅で大人しく伏せていたエトワールが彼に思いっきり飛びついたのだった。

智也さんに飛びついたエトワールは、ちぎれんばかりに尻尾を振り、彼の顔をべろべろとなめ始めた。

「あはは！　くすぐったいって！」

「だって私、寂しかったのよ！　パパにずっと会えなくて！」

「あはは！　ごめんよ！　僕もすごく寂しかったよ。だからこうして会えて嬉しい！」

智也さんにどんな事情があったのか分からないけど、きっと彼が出張でもしている間にエトワールは亡くなってしまったのだろう。

……と、そこまで考えを巡らせたところで、ひとつの疑問にぶち当たった。

エトワールをここまで連れてきたのは智也さんの妹の瑞希さんだ。

確か一週間ほど前からエトワールを預かってるって言っていた。

でも楓庵にやってくるペットは霊魂のはずよね？

だったらエトワールが楓庵に来る前から姿をあらわしていたのはなぜかしら？

「美乃里さん、お水とメニューをお客様に出してくれるかな？」

「え？　は、はい！」

八尋さんの声にはっと我に返った私は、智也さんにコップとメニューを差し出し、エトワールには水の入った陶器製の皿を床へ置いた。

興奮しすぎて喉が渇いたのか、エトワールはじゃぶじゃぶと水を飲んでいる。

その様子に穏やかな視線を向けていた智也さんは、しばらくしてからゆったりとした口調で注文を口にしたのだった。

「僕はホットコーヒーで、この子には米粉のパンケーキをお願いします」

私は「はい！」と返事をして、カウンターの方へ戻った。

八尋さんはキッチンの方へ消えていき、私はカウンターの中でコーヒーを淹れはじめる。

ソラはいつも通りに隅の席でマンガを読みふけっていた。

「ねえ、パパ。私を置いてどこに行ってたの？　私、ずっと待ってたのよ！」

「ごめんよ。ちょっと遠くにいたんだ。留守にしている間、お利口にしてたか？」

「もちろんよ！」

「瑞希を困らせたりしてなかったか？」

「だからしつこいって！　私、ちゃんと瑞希の言うことを聞いていたわ！」

私は抽出中のコーヒーメーカーからちょっとだけ目を離してエトワールを見た。

エトワールもちらりと私の方を見て目を合わせてくる。

「お願いだから、さっきのことは内緒ね！」ってことよね。

「分かってるって」とウィンクで返した私を見て安心したのか、エトワールは智也さんの胸に、顔をぐりぐりと押し付けて甘えている。

智也さんはエトワールの頭を優しくなでながら、穏やかな口調で続けた。

「なあ、エトワール。僕たちは家族だよな？」

エトワールは「聞くまでもないでしょ？」と言わんばかりに、智也さんの頬をペロリとなめた。智也さんは目を細めて、エトワールを少しだけ離した。

「瑞希も僕の大切な家族だ。分かるね」

エトワールはふいっと顔をそむけた。

「母さんと父さんが死んでからは、人間では瑞希だけが僕の家族なんだよ」

「それが何よ？」

不機嫌そうなエトワールの声。少しだけ重い空気が彼らの間に流れる。

「持っていってくれるかな？」と八尋さんが私に耳打ちしたので、私は出来立ての米粉のパンケーキとホットコーヒーを智也さんの前に置いた。

「お待たせしました！」

「ありがとう。ところでお会計のことなんですが……」

眉をひそめて言いづらそうにしている智也さんの言葉をさえぎるように、「既に妹さんから頂戴しておりますので、ご安心ください」と私はにこやかに答える。

でも智也さんはカフェ代を渋るような感じには見えないんだけどなぁ……。

「そうでしたか。それは良かった。妹に会ったらお礼を伝えてくれますか」

自分で言えばいいのに……。

そう不思議に思っていると、ソラの視線が痛いほど突き刺さる。

「他人の事情に首を突っ込むんじゃねえぞ」ということだろう。

そうよね。今は智也さんとエトワールだけの貴重な時間なんですもの。

私が変に乱すのは野暮だ――そう思い直した私はぺこりと頭を下げた。

「ええ、引き続きごゆっくりお楽しみください！」

再び時がゆっくり流れ始める楓庵。

午後五時半を回った頃。パンケーキをペロリと平らげたエトワールは、ウトウトと眠そうに智也さんの足元で丸くなっている。

智也さんは彼女の黄金色の毛並みを優しくなでながら、口を開いた。

それは他人の私でも驚くべき内容だった。

「エトワール。これからは瑞希の家族の一員になるんだ。いいね？」

その言葉を耳にした瞬間。

私はすべてを察したのだった――。

「どういうこと？」

ぱっと顔を上げたエトワールがキョトンとした顔で問いかける中、私は瑞希さんに出会ってからこれまでのことを思い返していた。

私たちが街中でばったり出くわした時、エトワールは目に見える形で存在していた。けれど楓庵にやってくるペットは実体のない霊魂のはずだ。

それに智也さんは最初からお会計を瑞希さんに任せるつもりだったし、瑞希さんも同じように考えて私にお金を持たせた。でも智也さんはカフェ代を渋るようなタイプにはどうしても思えない。

もし智也さんが『カフェ代を払いたくない』のではなくて、『カフェ代を本当に払えない』としたら……。

そしてエトワールは霊魂ではなくて、まだ生きているとしたら……。

その二つの考えを結び付ける結論はたったひとつしかなかった。

『亡くなったのはエトワールではなくて、智也さんの方だ』ということ——。

だから智也さんはエトワールを瑞希さんに託そうとしているのだ。

しかしエトワールにはそんな事情など理解できないようだ。

「ねえ、パパ。いつおうちに帰ってくるの？　パパがいなくなってから七日間。私はずっと玄関の前でパパの帰りを待っていたのよ。お利口にしていれば、きっと早く帰ってくるって信じてたから。パパの代わりだと言って、瑞希が家にやってきたけど、やっぱり寂しい。パパ、早くおうちに帰ろうよ」

表裏のない無垢な声が心を震わせる。

玄関の前で座ったまま健気にご主人の帰りを待ち続けていた彼女の様子を、思い浮かべただけで胸が痛む。

赤の他人の私ですら顔をしかめたのだから、智也さんにしてみれば鋭利な刃物ではらわたをえぐられたような痛みだったに違いない。

彼は目を真っ赤に腫らしながら、声を震わせた。

「ごめんよ……。俺だって帰りたかったさ。帰っておまえを抱きしめたかった。でもそんなありふれた望みすら叶えさせてもらえなかった……。突然だったんだ。俺のここが止まったのは」

智也さんは自分の胸をトントンと叩いた。

「だからこれで『さよなら』なんだ。分かってくれ」

それまでゆらりゆらりと楽しそうに振っていた大きな尻尾を、しゅんと垂れ下げたエトワールは、悲しそうな色を湛えた瞳で智也さんを見つめる。

しかし智也さんは「冗談ではないよ」と言わんばかりに、真剣な目でエトワールを見つめ返していた。

しばらくするとエトワールは感情をむき出しにして大声をあげた。

「嫌っ！　パパはいつも言ってたよね？　いつかパパに子どもができたら、エトワールが守ってあげるんだよって。流星がパパや瑞希のことを愛したように、私もいつかパパの子を愛したい。それだけが私の生きる目的なの。だからお別れなんて嫌だよ……」

エトワールはクゥと鳴いて、智也さんのズボンの端を甘噛みする。

「ごめんよ……。エトワール。ううっ……」

ついに泣き崩れてしまった智也さん。

私が彼らからソラに目を移すと、ソラは小さなため息とともに首を横に振った。

「二人があきらめるまで待つしかねえな」と言いたいのだろう。

やっぱりあきらめるしかないのかしら？

いや、絶対に何か方法があるはずよ。

智也さんが安心して黄泉へ旅立てる方法が。

そのためにはエトワールに生きる目的を見つけてもらうしかないわよね。

でも智也さんはもう自分の子どもを残すことはできない……。

ん？　待てよ……。

私はつつっとソラのそばに寄ると、そっと耳打ちした。

「ねえ、ソラ。智也さんがいつ亡くなったか分かる？」

「はあ？　なんでそんなこと知りてえんだよ？」

「いいから、いいから。もしかして七日前じゃない？」

ソラはいぶかしげに私の顔を覗き込む。

私はできる限り真剣な表情で彼を見つめた。

するとソラは大きなため息をついて、重い口を開いた。

「ああ、その通りだよ。初七日が過ぎるから黄泉に行かなきゃなんねえってわけだ」

「やっぱり！　となると、あのことを知らない可能性があるわね！」

「おい。何を考えてるんだが知らねえが、余計な首を突っ込むのはやめとけって何度も言ってるだろ！」

私は下唇を突き出して首をすくめる。無論、抗議の意味だ。

でもソラに何を言っても無駄なのはわかっている。

だからカウンターの中にいる八尋さんへ顔を向けた。

だが私が何か言い出す前にソラが釘をさすような口調で言った。

「おい、八尋。おまえも言ってやれよ！　人の事情に口を出すなって！」

八尋さんはいつも通りの柔らかな表情のまま、目を細くしてじっと私を見ている。

しゃんと伸びた背筋に、小さな顔。まるで雑誌のモデルに見つめられているような錯覚に陥った私は、顔が熱くなってしまうのを抑えられなかった。

けれど八尋さんはそんな私の緊張など気づかずに、低い声でたずねてきたのだった。

「美乃里さんは彼らに何を望んでいるんだい？」

考えるまでもない。

私は即答した。

「後悔しないでほしい――それだけです」

「後悔？」

「だって生きていると後悔ばかりじゃないですか？　『せっかくのお休みなのに、どうしてゴロゴロしちゃったんだろう』とか、今日だって『どうしてスイートポテトを買わなかったんだろう』って――」

「スイートポテト？」

「あ、ごめんなさい！　それは私の話ですから気にしないでください！　とにかく生きるって後悔の連続だと思うんです。少なくとも私はそうです！」

変なことを自信たっぷりに言ったものだから、八尋さんの口元がわずかに緩んだ。

でもその笑みに深い哀しみが潜んでいるように思えたのは気のせいかしら？

「そうだね……。うん、その通りだと思うよ」

口調がいつもよりワントーン低い。

けれど今はその理由に突っ込んでいる場合ではない。ふと、綾香の言葉が脳裏をよぎった。

――ミノ。どんな時も笑顔でいてね。笑顔は、哀しみも、後悔も、全部チャラにしてくれる魔法だよ。

そうね。そうだよね。綾香。

私はお腹にぐっと力を入れて続けた。

「でも誰かとお別れの時くらいは、後悔なんてしたくないし、させたくない。できれば……。すごく無茶なことかもしれないけど、笑いあってお別れできたら、とても素敵だと思うんです。もし彼らにそうなれるチャンスがあるならば、私は全力で応援したい」

「お別れの時は笑って終わる、か……」

八尋さんはそっと目を閉じた。

呼吸しているのかすら分からないくらい静かに、まるで彫刻のようにたたずんでいる。それでも深い彫りの集まる眉間と、固く引き締まった口元からは、彼が何かを理解しようと必死になっているのが見て取れた。

八尋さんの胸の内を想像することはできない。

でもきっと何か私には言えない秘密があるのだろう。

単なる直感にすぎないけど、そう思えてならなかった。

そして智也さんのすすり泣く声が徐々に小さくなっていく中、ゆっくりと目を開けた八尋さんは、ソラの方へ顔を向けて口を開いたのだった。

「美乃里さんの好きにさせてあげましょう」

私が顔をはっとあげると、八尋さんはニコリと微笑んだ。

その笑顔があまりにも爽やかで、こんな時なのにドキッと胸が高鳴る。

「八尋はいつも美乃里に甘すぎなんだよ。……ったく、仕方ねえなぁ。じゃあ、三十分だけ待ってやる。三十分たったらおまえがいかにわめこうが、黄泉送りを始めるからな」

ソラが言い終わる前に、私は楓庵のドアを開けたのだった。


私は今、全速力で森の中を駆けている。

外はすっかり真っ暗で、ほのかな灯りだけでは足元がよく見えないけど、そんなことお構いなしに足を前へ前へと動かした。

何度も転びそうになりながら森を抜けて境内に出る。鳥居をくぐり、通りに出た。

下校中だと思われる男子高校生たちの目が私に集まっているのを感じていたけど、私の視界には百メートルくらい先にある一軒のカフェしか映っていなかった。

明るい茶色のドアの前に立ち、ちょっとだけ呼吸を整える。

ここまでおよそ十分。残りはあと二十分だ。

やるっきゃない！　智也さんとエトワールのためにも！

私は意を決してドアを押した。

「いらっしゃいませ」

人懐っこい女性店員の声がしたが、その声の主の方に注意を向けなかった。

余計な飾りつけのないシンプルでおしゃれな店内をぐるりと見回し、目的の人物を捜す。

するとその人が店の片隅でスマホ片手にティーカップに口をつけているのを見つけたのである。

「いた！　瑞希さん！」

そう、その人物こそ瑞希さんだ。

私は智也さんとエトワールを救えるのは彼女しかいないと思っている。

ずんずんと彼女に近づいていく私に気づいた瑞希さんは、手にしていたスマホから目を離して目を丸くした。

「美乃里さん？」

「お願いがあるんです！」

「お願い？　私に？」

彼女のすぐ目の前までやってきた私は、深々と頭を下げた。

「このままだと智也さんは大きな後悔を残してこの世を去ってしまう。エトワールも同じ。智也さんのことを忘れられないまま、彼女は深い傷を負って生きていくことになっちゃうわ。そうならないためにも、あなたの助けが必要なの！　だから私と一緒に楓庵まできてください！　お願いします！」

「楓庵に……。でも私は……」

瑞希さんは顔を青くして言葉を濁す。

しかしもう躊躇っている時間はない。ソラは絶対に待ってくれないもの。

だから私はちょっとした賭けに出ることにしたのだった。

「瑞希さん！　あなただって、このままでいいとは思っていないんじゃない？」

「どういうことですか……？」

瑞希さんの眉がぴくりと引きつった。目は泳ぎ、口元が小さく震えている。

やっぱり想像した通りだ。

死んだ兄が姿をあらわすと分かっていれば、一目でいいから会いたいと願うのが家族の心情というものだ。けれど彼女はそうしなかった。むしろ避けるようにして、楓庵の前からこのカフェまで引き返してきた。

つまり瑞希さんは智也さんに何らかの負い目を感じている――。

私は一度深呼吸した後、ゆっくりと噛んで含ませるように告げた。

「どんなに辛くても笑顔で見送りましょうよ。後悔を抱えたままお別れなんて悲しすぎるから」

「笑顔……」

「瑞希さん、あなたなら智也さんを笑顔にできる。彼の無念を晴らすことができる。そして彼の笑顔はあなたの後悔をチャラにしてくれる――私はそう思うんです！　だからお願いします！」

もう一度、深々と頭を下げる。

「顔をあげてください。美乃里さん」

瑞希さんの声から力が抜けている。

私は少しだけ頭を上げて、上目で彼女の顔を覗き込んだ。

すると彼女は口元に乾いた笑みを浮かべながら、ゆっくりと立ち上がった。

「私を楓庵まで連れていってください。お願いします」

二人でカフェを出た後、瑞希さんは「美乃里さんにはどうしても聞いてほしいんです」と言って、これまでの生い立ちを語り始めた。

ソラに言われた時間まではあと十五分ある。

私が歩きながら彼女に小さくうなずいてみせると、彼女は落ち着いた口調で続けた。


朝食を用意するのは兄の役割でした。

といっても耳を焦がしたトーストにヨーグルトとバナナ、それに一杯の牛乳だけなんですけどね。

『ちょっと焦げちゃった、ごめんな』

毎朝、同じことを言うんですよ。

少しは学習すればいいのに――。そんな風に冷めた目で見ていました。

ものごころついた頃には母がいなかったので、私にはどうしてうちは他の家族と違うのか理解できなかったんです。

食事、洗濯、掃除、買い物――すべて父と兄が二人でこなしていました。

私は……。やってもらうのが当たり前で、雨が降った時に洗濯ものをベランダから取り込むくらいしか手伝っていませんでした。しかもブーブーと文句を垂れながら。

流星亡き後、私が寂しくて仕方ない時は、父と兄が二人して寄り添ってくれました。

それでも授業参観の時なんかは大泣きして、父と兄を困らせましてね。

みんなはお母さんがきているのに、なんで私の教室にはお母さんがこないの？

って。

小学四年生の時でした。兄がきてくれたんです。

兄と私は三つしか年が離れてなかったので、自分だって学校あるのに、わざわざ休んで。

私の担任の先生に追い出されそうになっても、兄は一歩も動こうとしなかったの。

『俺が瑞希の母ちゃんの代わりなんだ』

ってね。

でもかえって恥ずかしくて仕方なかった。

今となっては『なんて不孝者なんだ！』と思いますよ。でもあの時は自分のことしか考えられなかったんです。

その頃からです。私が兄を遠ざけるようになったのは……。


森の中に戻ってきた。

ザクザクと落ち葉を踏む音と、しんみりした瑞希さんの声が調和し、冬特有の寂しさを深めている。

そんな中で足元の灯りだけは、この世のあらゆる懺悔を許してくれるような柔らかな温もりで私たちを包んでくれていた。


私が中学二年の頃です。

過労で父が倒れたのは。それからわずか半年で他界しました。

兄は高校に通いながら家事をすべてこなして、私が高校受験に集中できるようにしてくれたんです。

それだけじゃありません。

高校卒業後、すぐに就職して金銭面でも私が困らないように面倒を見てくれました。

昼は工事現場で働いて、夜は家事。友達づきあいも、恋愛も、遊びも、全部を犠牲にして私のために身を粉にして……。

『瑞希はなんの心配もするなよ。大学へ行って、好きなことをするんだ！』

なんて真っ黒に日焼けした顔に白い歯をのぞかせて言うんですよ。

でも私には兄の献身は重すぎました。

高校卒業とともに住み慣れた実家を出たんです。

別にやりたいことなんてなくて、進学もせず、バイトをしては友達の家をいったりきたり。

でも行き場所がなくてたまに帰ると、どんなに夜遅くても笑顔で迎えてくれたんです。

『ちゃんと食べて、寝てるか？　体が資本だからな』

って言いながら。

それからくしゃくしゃの五千円札を持たせるんですよ。

自分のことには一銭も使わないくせに……。

小さな会社の契約社員になって、自分で部屋を借りたのは二十歳を過ぎた時です。

私はようやく兄の呪縛から解き放たれた気持ちでした。

それでも兄は時々、手紙で『元気か？』なんて送ってきたんですよ。

当時は普通に携帯が普及していた頃です。それなのに手書きの手紙なんて……ありえないですよね？

一緒に送られてくるのは、きまって私の好きなクッキー。しかも五十枚入りの大きな箱で。ひとりで食べきれるわけがないので、オフィスに持っていくんです。みなさんどうぞって具合に。

いつしかついたあだ名が『クッキーさん』。やってられませんでした。

でもおかげで夫になる人に覚えてもらえたんです。

兄と同い年の正社員さんで。今から思えば、優しいところやお酒が飲めないところも兄にそっくり。

私の方から惚れて、飲み会や会社の行事で徐々に距離をつめていったんです。

そして今から三年前。

彼の方からプロポーズをしてくれました。天にも昇る気持ちで、もちろん答えは『Ｙｅｓ』。

でも彼はこう言ったんです。

『君のお兄さんにちゃんと報告しよう』

って……。


『楓庵』の看板の前で立ち止まる瑞希さん。

でもすぐにはお店に入ろうとしなかった。

私は彼女の横に立って、そっと肩に手を置いた。

最後まで話してください、という言葉を瞳に映して。

彼女はこくりとうなずいた後、小さな声で続けた。

私が彼を連れて久しぶりに実家へ帰ると、兄はリビングで正座して待ってました。リビングはフローリングした床なんですよ。せめて椅子に座っていればいいのに。

でも私の彼はそんな兄の前に正座して頭を下げたんです。

『妹さんを僕にください』

あの時の兄の顔。今でも忘れません。

閉じた口がもごもご動いて、目を何度もぱちくりさせて。

泣いていいのか、笑っていいのか、よく分からなそうで。

それから黙ったまま飲めないお酒をぐいっとあおったんです。

そして真っ赤な顔でこう叫んだんですよ。

『妹を……。瑞希を幸せにしてやってください！　ちょっと意地っ張りなところはあるけど、いい子なんです！　誰よりも思いやりがあって、誰よりもよく笑う子なんです！　お願いします！　一生、笑顔でいられるように大切にしてやってください！』

この時、私、不覚にも泣きました。

やっと兄の愛を素直に受け入れられたんです。遅すぎますよね。

大泣きして、その後のことはあまり覚えてません。でも幸せな時を過ごしたことだけは、はっきりと胸の奥に残ってます。

半年後、私たちは結婚式を挙げました。バージンロードの兄は緊張のあまり顔が白くて。でも私以上に幸せそうに笑ってくれたんです。嬉しかったなぁ……。

次は兄の番。誰よりも頑張ったんだから、誰よりも幸せになってほしい。

本気でそう祈ってました。

私が結婚した直後、兄は犬を飼い始めました。

それがエトワールです。

でも二年半後。先週のことです。

兄から突然メールがきたんです。

『エトワールたのむ』

たったそれだけ。

心臓発作だったそうです。苦しみながらスマホを取り出して、必死にメールしたんでしょうね。救急車が駆け付けた時にはスマホを握りしめたまま息をしてなかったって……。

私は夫と相談して実家にすぐ帰りました。

夫もエトワールを引き取ること、そしてしばらくは誰もいなくなった私の実家で暮らすことに賛成してくれてます。

でも私は……。兄に申し訳なくて……。

今まで散々好き勝手やって、兄のすべてを奪っておいて……。

なんで、なんで兄なの？　私じゃないの？

私は……。私は……。

すべてを話し終えた後、堰を切ったように泣きじゃくる瑞希さんを私はそっと抱き寄せた。

「大丈夫、大丈夫だから」

そう何度も繰り返す。

そうして彼女が少し落ち着いたところで、私は一歩前に踏み出すことを促した。

「智也さんは瑞希さんの幸せをいつでも願っていた。今もそれはきっと変わらない。だから後悔していることを謝らないで。瑞希さんが過去を引きずっていたら智也さんは心配するだけだから。未来の幸せを素直に報せればいいの。さあ、一緒にお店に入りましょ」

木のドアノブを引くと、中からオレンジ色の明かりが漏れてくる。暗がりで戸惑う瑞希さんを光の中に優しく誘う。私は瑞希さんが店内に入ったところで後に続いた。

「瑞希……」

智也さんとエトワールの視線が瑞希さんに向けられる。智也さんははじめ驚いたような顔だったが、すぐに優しく目を細めた。

「元気そうだな。よかった」

慈愛に満ちた声だ。他人の私でも耳にしただけで泣いてしまいそう。でも瑞希さんは泣き崩れることはなかった。右手で涙をぬぐってから一度だけ深呼吸する。そして大きく息を吸った後、声を弾かせた。

「お兄ちゃん！　私ね。赤ちゃんできたの!!」

智也さんは、口をもごもご動かして、目を何度もぱちくりさせる。

瑞希さんの言った通りに、泣いていいのか、笑っていいのか、分からない表情だ。

でも智也さんの瞳からあふれる涙がとても温かなものなのは、入り口のそばで見守っていた私にもよく分かった。

しばらく無言の時間が続いたが、智也さんらしい言葉が耳に入ってきた。

「お腹の赤ちゃんのためにもちゃんと食べて、ちゃんと寝るんだぞ。体が資本だからな」

親代わりのお兄ちゃんが妹を気遣う言葉。死してなお、家族を思いやる心に胸が打たれる。

私は瑞希さんの横に立ち、彼女の表情を覗いた。口元にかすかな笑みを浮かべている。

もう大丈夫。これで瑞希さんが後悔することはない。

そう覚（さと）った私は、智也さんとエトワールから少しだけ離れた席に瑞希さんを座らせて水の入ったコップを差し出した。

「ありがとう、美乃里さん」

「どういたしまして」

短いやり取りを終えた直後、正装したソラが外から店に戻ってきて、厳かな声をあげた。

「黄泉送りの時間だ」

智也さんは涙を拭き、表情を引き締めた後、ソラに一礼した。

ドアの方へ向かって歩くソラの後ろに智也さんがついていく。

ソラが私の横を通り過ぎる時にちらりと見てきたが、私は何も言わずに、黙ったまま智也さんの様子を見ていた。

なぜならもう口を挟む必要なんてないから。

「わんっ！」

太い声を響かせたエトワールが智也さんの方へ駆け寄っていった。

エトワールが言葉を失っているのは、飼い主である智也さんの未練がなくなったことで、不思議な力が解けたからだろう。

でも彼女が「行かないで！」と悲痛な声をあげたのは、私でも分かったから、当然智也さんにも伝わっているはずだ。

でも智也さんの顔は穏やかなまま。

エトワールに話しかける口調もすごく落ち着いていた。

「エトワール。これは俺からの最後の命令だよ。いいかい？」

智也さんの目の前でお座りをしたエトワールは、舌を出しながら尻尾を振ってこたえる。言葉はしゃべれなくても、智也さんの言っていることをちゃんと理解しているようだ。

智也さんは彼女の頭をそっとなでながら、穏やかに言った。

「瑞希の子どもを守るんだ。いいね？」

その口調には後悔や寂しさはなく、希望と喜びに満ちた、とても温かいものだった。

智也さんの気持ちが乗り移ったように、エトワールは何度かまばたきをした後、混じり気のない声で吠えた。

「わんっ!!」

エトワールもまた智也さんと同じように、喜びに満ちた明るい未来を感じたに違いない。だからお別れを受け入れられたのだろう。

「いい子だ。俺は星になってエトワールを見守ってるからね。瑞希たちと幸せに暮らすんだよ」

智也さんはエトワールから目を離し、今度は瑞希さんと向き合った。

「瑞希。ありがとな」

瑞希さんの顔がみるみるうちにしわくちゃになり、瞳から大粒の涙があふれだす。

「お礼を言わなくちゃいけないのは……。私の方だよ……。お兄ちゃん。ううっ……」

「そんなことないぞ、瑞希。俺たちは家族だからな。おまえの幸せは俺の幸せなんだ。だからおまえがちゃんと幸せになってくれて、本当に嬉しいんだよ。ありがとな」

「お兄ちゃん……」

「瑞希。大丈夫。おまえも近いうちに絶対に分かるようになるさ。家族の幸せが自分の幸せなんだってな。頑張るんだぞ。もっともっと幸せになって、俺を驚かせてくれよ」

「うん……」

愛おしそうに目を細めた智也さんは小さくうなずいた後、ソラの真横に立ち、「お願いします」と告げた。

チリリンと鈴が鳴り、ドアが開く。

はじめにソラが外へ出ていき、智也さんが続く。

「さよなら！　ありがとう！　お兄ちゃん!!」

瑞希さんの大きな声とドアが閉まる音が同時に聞こえる。

そうして最後にもう一度涼やかな鈴の音が、店内に余韻となって響き渡った。

私は小さく震える瑞希さんの背中と、その傍らで優しく寄り添うエトワールを見て、あらためて感じていた。

過去がどんなに後悔ばかりでもいいんだ。

だって人は後悔なしには生きられない生き物なんだから。

どんなに後悔ばかりの人生であっても、未来に幸せを抱くことができる。

だから胸を張って、堂々と未来の話をしよう。

きっと後悔しないお別れってそういうことなんだ――。

智也さんとソラが森の向こう側に消えてから、数分。何度か深呼吸をした瑞希さんは、私の方に向き合うと晴れやかな笑顔になって一礼した。

「美乃里さん、それにみなさん、ありがとうございました」

きっと今までたまっていた後悔や鬱憤がすべてチャラになったのだろう。そう感じさせるとても爽やかな表情だ。

「エトワール。さあ、帰りましょう」と、瑞希さんがリードを引っ張る。

大人しくその命令に従ったエトワールは、行儀よく彼女とともに帰り道の奥へと消えていった。

「さてと！　じゃあ、後かたづけしましょっか！」
うーんと伸びをした私に対し、黄泉送りから戻ってきたばかりのソラが口を尖らせた。
「なんで美乃里が仕切ってんだよ。おまえは単なるアルバイトだろ！」

「あれぇ？　もしかして私がお手柄をあげたものだから、すねてるのかなぁ？」

「んなっ!?　バカを言うな！　なんで俺がすねなきゃいけねえんだよ！　調子に乗るな！」

「とかなんとか言っちゃってぇ。もっと素直になった方が可愛いぞ」

「てめぇぇぇ!!」

ソラに追いかけ回されながら顔を上にあげる。

木々の合間から覗く夜空に、ひときわ明るい星がひとつ、きらきらとまたたいていたのだった。

美乃里が去った後の楓庵に、いつも通り一抹の寂寥感が漂う。
鉛のように重い沈黙が続く中、カウンター席でコーヒーを飲み終えた八尋に、ソラが声をかけた。
「あの時、どうして余計な真似をしたんだ？」
あの時とは言うまでもなく、おじいさんとフクのことで美乃里がなすすべなく困っていた時のことだろう。

八尋は顎に指を当てて、しばらく考え込んだ後、小さく首をかしげた。

「さあ……？　どうしてでしょう？」

「自分のこともよく分からねえのかよ」

「ええ。特に最近は……ですね」

八尋はゆっくりと立ち上がり、店の片隅に置かれたピアノに近寄る。

手触りの良いシルク生地の布をめくり、木製の椅子をすっと引いた。

「もしかして美乃里に何か期待してるんじゃねえだろうな？」

ソラがトゲのある声で問う。

八尋はかすかに口角を上げた。

「ソラ様こそ彼女に何かを期待して、ここへ連れてきたのではないですか？」

椅子に腰かけて鍵盤蓋をあげた八尋は、おもむろに細い指をピアノに置いた。

「ふん！　んなわけねえだろ」

ソラが不満げに声を荒らげたと同時に、美しいピアノの旋律が店内に流れはじめる。湧き水のように透き通っているが、奥底に深い哀しみを感じる繊細な音だ。

ソラは片ひじをつきながら目を細くした。

「錆びついてねえな」

八尋は小さく微笑む。

「そう簡単に忘れられないものもあるということです」

「もしかしておまえ、まだあのことを……」

そう言いかけたソラを言葉を八尋は遮った。

「人を殺した記憶も同じですよ――」

そうつぶやいた彼の視線の先には、古びたカギがカウンターの上に置かれている。

「そのカギ……。預かっておいてくれますか？」

八尋はソラにそう頼んだ。

第三幕　星になって見守るから　【完】

# 第四幕　破られた約束

年が明けた。

……と、言っても「ハッピーニューイヤー!!」とバカ騒ぎする気になれないのは、私が歳を取りすぎたからかしら？

こたつの中でぬくぬくしながらミカンを頬張り、テレビの向こうから除夜の鐘が「ゴーン」と鳴り響くのを聞いているうちに、時計はいつの間にか午前零時十五分を過ぎていた。

ブルッ！

さっきから「あけおめ～！」のＬＩＮＥで通知が鳴りっぱなし。けれど年に数えるほどしか連絡をしてこない人からがほとんど。

まるで「年賀状を送らない代わりにＬＩＮＥで新年の挨拶しておくね！」と言っているように聞こえて、どうにも返信する気になれない。

自分でもひねくれているとは思う。

けれど私も今年で二十九歳。数年前までのように「新年だから！」といって浮かれてばかりはいられない、というのが本音だ。

特に今年は去年と違って彼氏もいないし、本職も不安定のまま……。長野に住む実家の家族からは、「再就職もいいけど、そろそろ永久就職したら？」と冗談とも本気ともとれないことを言われてるしなぁ。

実家に帰ったら変なプレッシャーをかけられそうで怖くて、年末年始をこうしてひとりで寂しく過ごしているのだ。

今年は良いことがあるといいんだけど……。

テレビ画面には神社にお参りにきた人々に対してインタビューする様子が映し出されている。

「今年こそは良縁に巡り合えますように、とお祈りしました――」

良縁に、ねぇ……。

――神様が頼みごとを聞いてくれるなんて、ありえるのかしら？

そう冷めた考えの自分がいる一方で、
でもこたつでぬくぬくしながら現状を嘆いていたって何も変わらないわ。行動を起こすのよ！　美乃里！

と、どこかのスポーツキャスターのように熱く励ましてくる自分もいる。

しばらく胸の内で激しい口論を繰り返した後、最後まで立っていたのは『スポーツキャスター』の方だった。

「よしっ！　起きたら初詣に行こう！」

そう思い立ち、もう寝ようとしたその時。

ブルッ！

またＬＩＮＥの通知だ。今度はいったい誰だろう？

そう思って画面を開くと、なんと中学と高校と同じクラスだった旧友、茜（あかね）からだった。

「あけましておめでとう！　今、東京にいるの。初詣いかない？」


茜と会うのは、互いに社会人になりたての頃以来だから五年ぶりくらいだ。

私は大学から東京に出て、そのままこっちで就職したけど、彼女は地元に残り、今では地方の新聞社で働いているらしい。茜は調べ物をしたり、文章を書くのが得意だったから適職だと思う。

高校の頃は三年間ほぼ毎日一緒にいたけど、ここ数年はＬＩＮＥすらしてなかったなぁ……。

仕事の関係で池袋（いけぶくろ）のホテルに泊まっていた彼女に、無理を言って川越で待ち合わせさせてもらったのは、どうしても今年の初詣で行きたい神社があったからだ。

時刻は午後三時を回ったところ。元日にもかかわらず駅前はごった返しており、茜と無事に合流できるか心配だったけど、無用だったみたい。

「ミノ～！」

喧騒の中でも友達の声ってはっきりと耳に届くから不思議よね。

そしてどんな人混みの中でも、まるで浮き上がるようにその姿は目に飛び込んでくるものなのだ。

「茜!!」

長かった髪をばっさり切り、その色も真っ黒から明るめのナチュラルブラウンに変わったけど、くりっとした目と整った顔立ちはまったく変わらない。

間違いない。茜だ！

彼女は私と目を合わせるなり、手を振りながら駆け足で寄ってきた。

「ミノ、久しぶり！　元気だった!?」

目を輝かせながら弾んだ声をあげる茜に対し、私もまた明るい声色で返した。

「うん！　元気だったよ！　茜も元気そうね!!」

こうして旧友との久々の再会を喜んだ。

しかしこの後、思いもかけない事実を知らされることになろうとは……。

興奮のあまり声が上ずりっぱなしの私が、気づくはずもなかったのである。

「わぁ、すごい混雑してるね。事前に調べてたから何となく想像していたけど、実際に目にすると圧倒されるわ」

茜はそう言いながらも、うんざりするのではなく、目を輝かせている。

どんなことがあっても全く動じないどころか、楽しんでしまう性格は今も昔も変わっていないらしい。それから放っておけば永遠に口が回りっぱなしってところも……。

「やっぱり縁結びのパワースポットと言われているだけあって、若い女子もけっこう来ているみたいね。実際に来てみると雰囲気が分かっていいわぁ」

記事にでもする気なのだろうか。茜はしゃべりながら一眼レフカメラでパシャパシャと目の前の風景を写真に収めている。

私たちがやってきたのは川越氷川神社。

川越には喜多院をはじめとして、いくつも初詣のスポットはあるものの、駅から少し離れたこの神社が人であふれるのは、茜の言った通り、「縁結びの神様」がまつられているからだろう。

なんと初詣だけで十九万人もの人が参拝にやってくるそうだ。

「参拝まで一時間待ちだって！　いやぁ、すごいねぇ！」

自分から誘ったものの、あまりの人の多さにげんなりしている私の横で、茜は嬉々として屋台で買った鈴カステラを頬張っているのだから、たいしたものだ。さすがは中学、高校とバレー部のキャプテンにしてエースだっただけある。体力も気力も私には到底勝てそうにない。

「ところでミノはどうして初詣に氷川神社を選んだの？　まさか『縁を結んで欲しいお相手』がいる、とか？」

　前触れなしに踏み込んだ質問をしてきたものだから、

「へっ？」

　と変なところから声が出てしまった。

　その私の反応を見て、茜はキラリと目を光らせた。

「私、知ってるのよ。七年も付き合ってた彼氏と別れたんでしょ？」

「ど、どうしてそれを!?」

「紗代(さよ)ちゃんから聞いたの」

「紗代が!?」

　紗代は私の五つ下の妹だ。大学を卒業してから地元に戻って銀行員をしている。昔から世間話が大好物だったけど、まさか茜に私のプライベートのことを話しているとは……。

あんにゃろー、帰ったらお仕置きだわ！

「しかも年末年始は実家に帰ってこないって言うじゃない。だから、もしかして、他に男ができたんじゃないかってねぇ」

茜の目が友人というよりは、記者になっているのは気のせいではないだろう。私はちょっとでも話をそらそうと口を尖らせた。

「べ、べ、別に茜には関係ないでしょ！」

「関係ならおおアリよ～！　だって修学旅行の時の『約束』の敗者が誰になるのか、決まるかもしれないんだから！」

「修学旅行？　約束？」

「忘れたとは言わせないわよ。同じ部屋だった四人で『この中で一番結婚が遅かった人が、みんなを「まきの家」の宿泊にご招待！』って約束したじゃない！」

「あっ……」

思い出した……。

確かにそんなことをみんなで約束したっけ。あの時は全員彼氏がいなかったから、「公平よね！」ってことだったっけ。

「ちなみに知ってると思うけど、明日香と陽子は二年前に結婚したからね。残りは私たちだけってこと。『まきの家』と言えば長野県内でも屈指の高級旅館なのよ。一泊でいくらするか知ってる？」

「知らない……」

「最低でも十万よ！　十万！　今になって思えば、なんて無茶な約束をしたんだって後悔してるわ。だってそうでしょ？　今の時代、結婚なんてしなくたって生きていけるし、別に彼氏がいようといまいと生活に何の影響もないじゃない。ひとりで好きなことにお金も時間も費やす方が有意義だって考え方も、まんざらウソじゃないと思うの。現に私はそうだし」

大げさな身振り手振りで自分の考えを述べる茜は、まるで街頭演説をしている政治家のようで、思わず圧倒されてしまった。

「ま、まあ、茜の言いたいことも分かる」

そう私が答えた瞬間に、茜は目をキラキラさせながら私の両手をしっかりと握った。

「でしょぉ！　だからこそミノとは手を組みたいの！」

「手を組む？」

私が素っ頓狂な声を出したところで、茜は「あ、ごめんね。私としたことが興奮しすぎちゃった」と言い、手を離して再び歩き始めた。

目の前には川越氷川神社の入り口であることを示す真っ赤な鳥居が迫っている。『大鳥居』と言って、高さ十五メートルは木製の鳥居としては日本有数の高さなんだそうだ。見上げるだけでも大変なんだから、これを建てた人は物凄く苦労したんだろうなぁ、なんて考えながらくぐった直後に、茜が機関銃のように言葉を並べた。

「いい？　私たち二人が結婚する時は同時に結婚するの。別に結婚式の日取りを一緒にするということじゃなくて、婚姻届を役所に出す日を一緒にすればいいだけの話よ。そうすれば『引き分け』。つまり敗者がいなくなるってわけよ」

「はあ？　嫌よ、そんなの」

「もう結婚を意識している人がいるから？」

茜がぐいっと顔を近づけてきて私の目を覗き込む。

柑橘系の香水の匂いが鼻をつき、ひとりでに眉間にしわが寄っていくのが、自分でも分かった。

「そんな人、いるわけないでしょ！　七年も付き合った彼氏と別れたばかりなのよ！」

「だってあの人は結婚なんてする気、最初からまったくなかったのは見え見えだったもの。浮気ばっかしてたみたいだし。だから別れたんじゃないの？」

「えっ!?」

なんで茜がそれを知っているの？　と問いただしそうになったのをぐっとこらえた。だって彼女は私の元カレとたった一回しか会ったことないのに……。

目を大きくした私に対し、茜はため息をついて首を横に振った。

「もしかしてミノ……。浮気されてるのを知ってて付き合ってたの？」

「え、あ、うん……」

私がふっと吹いたら消えてしまいそうな声で返事をしたから、茜は鋭く私たちが別れた理由を察知してくれたようだ。

「ったく……。どこまで人がいいんだか……。まあ、いいわ。いずれにしてもあいつとは別れて正解よ。あいつ、ミノを『都合のいい女』くらいにしか考えてないって、態度でバレバレだったからね」

「そうだったんだ……」

そう言われてみれば、思い当たる節は色々ある。しかしさして怒りもわいてこないのは、自分も悪かったと思っているからだ。なぜなら七年間という長い時間をかけても、彼の気持ちが分からなかったのだから……。

時折びゅっと吹く北風のように冷たい風が、心の中に吹き抜けた気がした。

すると茜がぎゅっと私の左手を握ってきた。

「縁結びの神様に、次の恋こそは上手くいきますように、って願うのよ。私も一緒にそう祈ってあげるから。あ、私の場合は『今年こそは甘いものを我慢してダイエットに成功しますように』ともお祈りするけどね」

思いのほか重たい口調だ。急に自分がみじめになった気がする。ずきんと胸が痛み、なぜか涙が出てきそうになった。でも泣くわけにはいかないから、ちょっとだけ空を見上げる。雲ひとつない突き抜けるような青い空。白い太陽はだいぶ傾きかけているけど、私たちが参拝を終えるまでは空にとどまっていてくれそうだ。ほのかな太陽の温もりが、痛んだ心を癒し、自然と表情がやわらいでいった。

茜はそっと私の手を離す。

……と、その時だった。

「隙あり!!」

茜は私のコートの左ポケットに手をむずっと突っ込み、スマホをかすめ取ったのである。

「ちょっと！　なにするの!?」

「ははは！　今の彼がどんなだか、写真の一枚くらいあるんでしょ？」

「だから彼氏なんていないって!!」

「おお、やっぱり！　スマホは換えてもロック解除の仕方を変えてないのね。ん？　この写真は……」

目を丸くした茜は手と同時に足まで止めた。後ろから歩いてきた人たちが驚きながら追い越していっても、彼女はまったく気にせずに私のスマホを凝視している。

「いいから返して！」と言いながら、彼女の手からスマホを奪い返すと、画面にはソラ、八尋さん、そして私の三人で自撮りをした画像が映し出されていた。

「ねえ、そのダンディーな男の人って……」

茜が険しい顔つきで何か言いかけたが、私は即座に口を挟んだ。

「この人は八尋さん。私がお世話になっているカフェの店長さん。だから彼氏でもなんでもありません！」

私がきっぱりと否定しても、茜の表情はまったく変わらない。

それどころか眉間に寄ったしわはますます深くなっていく。

「どうしたの？　茜」

と今度は私が彼女の顔を覗き込んだ。

驚きの一色で染まった視線が、私の目と合った直後、彼女はぼそりとつぶやいた。

「その人……。間違いないわ。八島凛之助（やしまりんのすけ）よ」

「ヤシマリンノスケ？　誰それ？」

眉をひそめた私の両手をもう一度がっしり握った茜は、

「消えた天才ピアニスト、八島凛之助よ!!」

と、天も貫くような大きな声をあげた。

石畳をゆっくり進み、途中で右に折れれば、おまいりする拝殿はすぐ目の前だ。しかし芋を洗うような人出では、たどり着くまでには十五分以上も必要だ。

それでもあっという間に感じられたのは、昔からクラシック音楽マニアだった茜が八尋さん――八島凛之助のことを、あれこれ教えてくれたからだった。

八島凛之助。今年で四十二歳になる彼は、十九歳になる頃には国内のあらゆるコンクールを総なめにするなど、彗星のごとくあらわれ、天才ピアニストの名をほしいままにしたという。

「あの頃は『日本一のピアニスト』ともてはやされたそうよ」

百八十センチ以上の長身と、甘いマスクで、多くの女性ファンを虜にしたが、二十歳の時に幼馴染だった三歳年上の女性と結婚したのだそうだ。

茜いわく「人気絶頂のアイドルが結婚を発表した時と同じかそれ以上の阿鼻叫喚」だったんだって……。

しかし悲劇はその翌年に起こった――。

翌週からオーストリアでの海外公演を控えていた彼は、成田空港に向かって奥さんを助手席に乗せて車で移動していた。

あいにく霧が深くて見通しの悪い日で、出発の時間が迫る中、彼はかなり車を飛ばしていたそうだ。そして交通事故を起こした……。

「ひどい事故でね。残念なことに奥さんは即死。彼自身も意識不明の重体だったの。けっきょく意識を取り戻して、一年かけてようやく退院できたのだけど、それっきり彼の消息は途絶えて、音楽の表舞台からも消え去ってしまったのよ――」

ガツンと後頭部を鈍器で殴られたかのような衝撃を覚え、目が回る。

とっさに出すべき言葉を失ってしまったが、手水舎で冷たい水に触れたとたんに、さっと目が覚めたような気がして、自然と口が動いた。

「でも『八島凛之助』は本当に『八尋さん』なのかしら？　まったくそんな素振りは見せないから……」

「そんなこと赤の他人であるミノに話すわけないでしょ」

赤の他人という言葉に胸がズキッとする。

そうよね……。八尋さんと私は週に何回か顔を合わせる店長と店員の間柄に過ぎないんだもの。

それでも、なぜだろう。納得がいかないと苛立ちを覚える自分がいるのは。

にわかに困惑した私をよそに、茜は続けた。

「でもその画像の男の人は絶対に八島凛之助よ。ほら」

茜が自分のスマホで『八島凛之助』と検索して、結果に出てきた画像を見せてくれた。

映し出された青年の髪は黒いし、肌は珠のようにつるつるだ。今の八尋さんは白髪交じりだし、顔にはあちこちにしわがある。しかし三日月のように細い目や、うっとりしてしまうほどに整った顔立ちは、まったく同じに見える。

確信は持てないけど、『八島凛之助』が『八尋さん』と同一人物だとしてもおかしくはないと思う。

そうして拝殿の前に立ったところで、茜は横目でこっちを見ながら言った。

「もし彼との恋を成就させたいなら、すべてを受け入れる覚悟が必要よ。ミノにはその覚悟があるかしら？」

その問いに、ずきんと胸が痛んだのはなぜだろう？

でも私はそんなことなどおくびにも出さず、賽銭箱に百円玉を入れて、二拝二拍手一拝した。

色々な人と良い縁を結べますように……。

『色々な人』と言いながらも、頭に浮かんできたのは八尋さんただひとりだったのは、茜が余計なことを言ったからだ——そう自分に言い聞かせないと、ずっと高鳴りっぱなしの胸の動悸が抑えられそうになかったのである。

参拝後の長いランチを終えた私と茜。オレンジに染まった空の下を駅に向かって歩いている間、私は八尋さんのことを考えていた。

もし……もし茜の話が本当だとしたら、私は八尋さんになんて声をかけたらいいんだろう？

いや、八尋さんにしてみれば、私に自分の壮絶な過去を知られたなんて、微塵も考えていないはず。だったら、普段通りでいいじゃない。

でも、普段通りにできる自信が私にはない。何かの拍子で私の様子がおかしいことに八尋さんが気づいてしまったら、どう弁解しようか——。

出口の見えない迷路に迷い込んでしまったような感覚に陥る。

「ねえ、ねえミノってば！」

行方を阻むように茜が躍り出てきて、私ははっと顔を上げた。

「え？　あ、ごめん」

茜は困ったように眉を八の字にして口元に苦笑を浮かべる。

「もう、ミノってば、すぐにそうやってひとりで思いつめるんだから。おおかた八尋さんにどう接したらいいんだろう、って悩んでいるんでしょ？」

ズバリ言い当てられてしまい、その場をつくろう言葉が喉につっかえたまま出てこない。

「はぁ。やっぱりね。んで、ミノはどうしたいの？」

それはかつて八尋さんに投げかけられた問いとまったく同じもので、トクンと胸が脈打った。

「私は……」と口を開きかけたところで、茜は片手で私を制した。

「あ、ちょっと待ってミノ！」

「な、なに？」

「あなたが考えていることは、おおよそ見当がつくわ。だからもし私があなたの立場だったらってことを話させて！」

眉をひそめた私に口を挟ませる隙など与えずに、茜の舌はスポーツカーのエンジンのように高速に回り出す。

「過去のことなんて一ミリも気にしない。大事なのは未来よ！　百年にひとりと呼ばれたその才能をカフェの中でくすぶらせているなんて、もったいないと思わない？」

「ええ、まあ……」

どう答えていいか分からず、口ごもる私に茜は畳みかけるように続けた。

「だからいかなる手段を使っても、彼を表舞台に引きずり出す。その一部始終を見届けた私は、彼の見事な復活劇を独占記事にして、敏腕記者としての名声を得るの！」

「はあ？」

呆れる私を横目に、茜は恍惚とした表情を浮かべる。

「そして数年後。スポットライトを浴び、充実した日々を取り戻した彼は、私にこうささやくのよ。『全部、君のおかげだよ。ありがとう。これからはずっと僕のそばにいてくれないか？』ってね。きゃー!!」

いやいや、絶対にありえないでしょ——そんな風にツッコミを入れる隙さえ茜は与えてくれそうにない。

「こうして私たちはめでたくゴールイン。ミノとの賭けにも完全勝利し、彼の新居であるパリへと旅発(たびだ)つのだった——」

「はいはい、妄想はもういいから」

「あら？　私はいたって本気よ。私だったらそうするって話をしただけ。でも、ミノ。あなたは違うんでしょ？」

　思いのほか強い口調だ。はっと息を呑んだ私に、茜は顔をぐっと近づけて続けた。

「ミノは他人の痛みに敏感だもんね。美術の時間に絵の具を忘れて困ってる人がいたら、その人の隣に座って『一緒の風景を描けば、使う色は一緒よね！』と言って、自分のパレットで一緒に絵を描いたこともあったし。あと課外授業でお弁当を持ってこなかった人に、自分のお弁当を分けたりもしてたわね」

「そんな昔のこと……」

「ええ、昔話をしたくて言ったんじゃないわ。でもね、ミノ。私はあなたのそういうところが、すごく好きだったの」

　茜の目が優しく、細くなる。私はその瞳をじっと見つめ返した。

「今もそうよ。だから自信を持って、自分がしたいようにすればいいと思う。だってその方が後悔しないもの。相手を真剣に励まそうとしたことで、『余計なお世話だ』と怒られたっていいじゃない。怒られるのは一時の痛みで済む。けど後悔はずっと痛みを伴うものよ」

「後悔しない……か」

「そうよ。いつだって迷った時は、後悔しない道を選べばいい。もしそれでダメなら、私が励ましてあげるから！　私はいつでもミノの味方だよ」

そこまで言い終えた茜はニコリと微笑んだと思うと、すぐにちょっと悲しげな表情に変えて、ぼそりとつぶやくように言った。

「綾香もきっとそう思ってるよ……」

綾香……。私たちの親友……。

そうよね。きっと彼女だったら、茜と同じことを言ったはずだわ。

……いや、むしろ茜は綾香になったつもりで、私を励ましてくれたのかもしれない。だからはじめに『もし自分だったら……』という話からしたのだろう。

でもそんなことをつっこむのは野暮だ。

素直にコクリとうなずいた私を見た茜は、安心したように肩の力を抜き、表情を笑顔に戻した。

「よしっ！　んじゃ、このままミノの部屋で朝まで新年女子会しますか！」

「へ？」

さらっとすごい提案を放り込まれ、思わず立ち止まる。でも茜はそんな私のことなどお構いなしに足を速めた。

「早く！　暗くなっちゃうよ！」

「ちょ、ちょっと⁉　私の部屋で朝まで新年女子会ってどういうこと？」

「あは！　そのままの意味に決まってるじゃん！」

どうやら拒否権はないらしい。

「もう、ほんとに強引なんだから」

思わず笑みがこぼれる。けれど、茜の気遣いが嬉しい。

いつの間にか空はうっすらと紫色が混じっている。覚悟を決めた私は大きく足を踏み出した。

三が日が過ぎ、せわしない日常が戻ってきた。

新年と言えば聞こえはいいが、日本の景気は心機一転とはいかないらしい。あいかわらずの不景気で、私の勤務形態も相変わらず不安定なままだ。

でもおかげで楓庵で堂々と働けるのだから、それはそれでありがたいのかもしれない。

それくらい、私にとって楓庵で働くことは生きがいになっている。

だからなのかもしれない。私が八尋さんのことを気にかけているのは……。

そうして今年に入って初めての楓庵で働く日を迎えた。

途中、つぼ焼きのお芋を三つ買い、温かい紙袋を抱えながら、三芳野神社の森の前に立つ。

いつもなら何も考えずに進む足がなかなか動きそうにないのは、八尋さんのことがあるからなのは考えるまでもない。

「自然に。自然に！」

そう、まずはいつも通りに接すればいいのだ。

それからチャンスがあれば、例のことを聞いてみよう。このモヤモヤを晴らすには、八尋さんの口から真実を聞くしかないもの。それに、話を聞けば、もしかしたら力になれることがあるかもしれない。

でもチャンスがあれば……って、いったいどのタイミングが『チャンス』にあたるのだろうか……。

当然、仕事中は無理よね。だとすれば仕事終わりかな。

まかないのご飯を食べている最中なら、話を切り出せるかもしれない。

そうと決まったら、あとは料理ね！

どんな料理なら自然と話ができるかな――。

そう考えを巡らせていた時だった。

「……おいっ！　美乃里！」と、背中から鋭く尖った声で名前を呼ばれたのだ。

「へっ!? 私？」

ふいを突かれて、思わず鼻から抜けたような声が出てしまった。

くるりと振り返って声の主に目をやると、そこには怪訝そうに眉間にしわを寄せ、あごに手をあてるソラの姿があった。

「そんなところでボケッと突っ立って何をしてるんだよ？」

「え？　べ、別に、か、考え事よ！」

「考え事だぁ？　どうせ『今日のまかないは何にしようか』とでも悩んでたんだろ？」

ぎくぅ！

ズバリ言い当てられて、顔が引きつる。

ソラは目を細くして私の顔を覗き込んできた。

「図星かよ。ったく、そんなんだからいつまでたっても『やせな～い！』とか嘆いてるんだぜ」

人を小馬鹿にした物言いに、ついカッとなって、

「んなっ！　ち、違うわよ！　バカにしないで！」とつっかかると、ソラもぐいっと顔を突き出して、

「何が違うんだよ！　だっていつも言ってるじゃねえか。『今週のスイーツは何にしようかな？　迷っちゃう』って！　美乃里の悩みなんていつも飯のことばっかじゃんか！」

と言い返してきた。

私の良くないところは、相手の挑発にホイホイと乗ってしまうことだ。

今回もまた、完全に頭に血が上ってしまい、思わず本当のことを口走ってしまったのだった。

「私が悩んでいたのは八尋さんの過去のことだもん!!」

ソラが目を大きくして私のことを穴が開くほど見てくる。口を半開きにして、どんな言葉を返そうか迷っているみたい。

あきらかに様子がおかしい……。

「もしかして……。ソラは八尋さんの秘密を知ってるの？」

ぎくぅ!!

実際に聞こえてきそうなほど、ソラの顔が青くなる。

それでも懸命に表情を隠そうとしているのか、ぷいっと横を向く様子に、私は抑揚のない声をあげた。

「教えなさい。焼き芋を三本ともあげるから」

ちらりと私の顔色をうかがってきたソラの顔を、私はまばたきひとつせずに見つめる。

その有無を言わさぬ視線で、もう逃げられないと観念したのだろうか。ソラは、焼き芋の入った紙袋をパッとひったくり、

「……言っておくが、八尋には俺が話したことは内緒だからな」

と、芋をかじりながら声の調子を落として話しはじめたのだった。

「俺が八尋と出会ったのは、かれこれ十五年近く前のことだな――」

森の中を歩きながら、そう切り出したソラ。

ふむふむ、とうなずいたはいいものの……。

「えええええっ!?　十五年近く前ってどういうこと!?」

木に止まっていた小鳥が慌てて飛び立つほどの大声で絶叫した。

「どういうこと、って言われてもなぁ。そのまんまの意味だぞ」

ソラは何事もないようにさらりと答えたけど、ありえないでしょ！

「だって見た目は当然のこと、ぶっきらぼうな言葉遣いとか、わがままなところとか、オレンジジュースが好きなところとか、マンガしか読まないところとか、あきらかに十歳くらいの男の子にしか思えないもん!!」

「やいっ、美乃里！　ずいぶんと失礼な物言いじゃねえか！　こう見えてもなぁ。俺は神なんだぞ！　もっと敬え!!」

ソラはほっぺに焼き芋のカスをつけながら、ずいっと胸を張る。

そう言われればソラは神様だって、八尋さんが言ってたわね。

「はいはい、もう分かったから。今は八尋さんの話をしましょ」

「む？　そうか。まあ、約束だしな。仕方ねえな」

どこか腑に落ちないといった風に首をすくめたソラは、ポツリポツリと話の続きを口にしはじめた。

「出会った場所は『楓庵』。無精ひげを伸ばしっぱなしで、髪もぼさぼさ。着ている服はよれよれで、目の下には大きなくま——。目も当てられないって感じだったな」

「そうだったの……。ちなみに八尋さんは何をしにきたの？」

「ペットの黄泉送りにきたに決まってるじゃねえか」

「ペット……。八尋さんが？」

「ああ、猫を飼っていたらしいぜ。『ノクターン』って名前なんだとさ。有名なピアノ曲からとったんだとよ」

「ピアノ……。そうそう！　八尋さんってピアノ奏者だったの⁉」

ソラが眉をひそめる。

「どうして知ってんだ？　ああ、よく分かんねえけど、かなり上手いぜ」

「ソラこそどうして知ってるのよ？」

「実際に弾いてるのを聴いたからに決まってんだろ」

「実際に弾いたの？　どこで？」

「楓庵で。店の隅にピアノあるの知ってんだろ？　黒い布に覆われた」

「へっ？　あのピアノって今でも弾けるの？　ただのインテリアだと思ってた」

「……ったく。あれはずっと昔から店にあるんだよ。まあ、そんなことはどうでもいいじゃねえか。話の続きをするぞ。もうすぐ店に着いちゃうしな」

そこで一度話を切ったソラは立ち止まって、最後の一本になった焼き芋をほおばりはじめた。そして案の定喉につまらせて「ゴホゴホ」と咳をする。私が背中をさすると、彼は片手をあげて言った。

「ああ、悪い、悪い……。それでな。ノクターンは『楓庵』にやってこなかったんだよ。でも八尋はあきらめなくてよ。毎日店にやってきた。そこで前の店主が彼にこうもちかけたんだ。『もしあなたさえよければ、この店をお譲りしましょう。そうすればずっとここであなたは大切なペットを待ち続けることができるでしょう』ってな」

「それで『楓庵』の店主になったというわけね」

「ああ。でもまだノクターンはやってきてねえよ」

「つまりまだ生きている、と言いたいの？　でも十五年近く前なんでしょ？　さすがにもう……」

言葉を濁した私をちらりと横目で見たソラは、声を低くして続けた。

「楓庵に姿を見せなくても、霊魂があの世に行ったとは限らねえぜ」

「どういうこと？」

「何らかの未練を残した霊魂はこの世にとどまるもんなんだよ。もっともノクターンに未練があるかどうかは知らねえけどな。けど八尋はまだノクターンがこの世にいるって信じてるってわけだ」

そこまで話したところで『楓庵』の看板が見えてきた。

ソラは残りわずかになった焼き芋を口の中に放り込むと、ぴょんと跳ねるような足取りで店に向かっていく。

その背中に慌てて声をかけた。

「ねえ、八尋さんの奥さんのこと。何か聞いてる？」

ドアの前でピタリと足を止めたソラが、こちらをゆっくりと振り返る。

いつにも増して険しい表情だ。その顔が目に映った瞬間に、私の背筋にゾクッと悪寒が走った。

「もし知っていたとしてもこれ以上は絶対に答えねえ」

唇を噛んでごくりと喉を鳴らした私をしばらく睨みつけていたソラは、再びドアの方を向くと、こちらを見ないまま凄みのある声で続けた。

「ニンゲンってのはなぁ。後悔や悲しみを背負って生きていかなきゃなんねえヤツもいるんだよ。そういうヤツの心の中は、他人が土足で踏み込めるような場所じゃねえんだ。そのことを忘れるな」

ドアの向こうにソラが消えていく。

軽やかな鈴の音が響いた後、バタンとドアが大きな音を立てて閉まった。

今までにないくらい怖い顔と声だったな……。

木の扉を前にして、まるで締め出された気分だ。それでもさすがに引き返すわけにもいかず、重い足取りで店内に入る。同時に私に向けられたのは心地よいバリトンボイスだった。

「やあ、美乃里さん。あけましておめでとう」

正月太りなんて言葉がない世界の住人のように、無駄なぜい肉のない、すらりと伸びた高い背──。いつも通りの八尋さんだ。

でも私の方はいつも通りとはいかなかった……。

「お、お、おめでとうございましゅっ!!」

なんでもない挨拶なのに噛んでしまう始末……。

ふわふわと浮いているような感覚に陥り、足元が危うくなる。

近くのテーブルにバッグを置き、椅子の背もたれに手をかけることで、ようやく普通に立てた。

でも八尋さんは何かを疑う様子もなく、そんな私に爽やかな笑顔を作っている。

「今年もよろしくね」

「は、はい！　こちらこそよろしくお願いしましゅっ！」

また噛んだ……。

ここに来る前、あれほど「自然に！」と自分に言い聞かせていたのに、こんな調子で今日を乗り切れるかしら？　自分で自分が不安で仕方ない。

ソラは呆れた顔してこっちを見てくるし、真冬なのに背中の汗が止まらないし……。

どうにかして心を落ち着けようと、必死になっているうちに、八尋さんが心配そうに声をかけてきた。

「美乃里さん？」

「わ、私のことなら大丈夫です！　べ、別に変わったところなんて、ひとつもありませんから!!」

「う、うん、そうかい。なら着替えてきてくれるかな？　もうすぐお客様がこられるからね。あ、そうだ。カウンターの中は床掃除したばかりで滑るから、くれぐれも気を付けてね」

「は、はいっ!!」

早足でカウンターに入り、キッチンの奥にある荷物置き場に向かう。でも床は滑るから慎重に行かなきゃね。これ以上、へまをしようものなら、ますます変だと疑われちゃうもの。

そう考えてカウンターの中を慎重に通り過ぎようとしたその時……。

「ちょっと待って。荷物、テーブルの上に忘れてるよ」

八尋さんの大きな手が、私の肩に優しく触れたのだ。電気が走ったかのような衝撃で、条件反射のように足が止まり、くるりと振り返る。すると互いの鼻がくっつきそうなくらいな距離に八尋さんの顔があるじゃないか！

目がちかちかするほどの綺麗な顔立ちが、視界のすべてを覆いつくしたとたんに、頭の中が電気ケトルのように一瞬で沸騰した。

「ひゃっ!!」

とにかく距離を取らなきゃ！

その一心で足を大きく後ろに踏み出した。

しかしそれがまずかった……。

ツルッ!!

目に映っていた八尋さんの顔が次の瞬間には、こげ茶色の天井と入れ替わる。そして後頭部に鋭い痛みが走ったとたんに、意識が遠のいていったのだった――。

薄っすらと目を開けると、白い天井が目に映った。どうやらベッドの上で寝かされているらしい。部屋の中は暗い。そして学校のプールのような消毒剤のにおい――ここは病院？

「目、覚めたようだね」

左隣から陽だまりのような声が聞こえてきた。

声の主の方へ顔を向けると、やっぱり思った通り。

柔らかな笑みを浮かべた八尋さんだ。

「お店は⁉」

体を起こそうとすると、ズキッと頭に痛みが走る。

「いてっ！」

「無理しない方がいい。今夜はここで過ごすんだ。いいね？」

穏やかだけど芯の通った声色に、私は大人しく従わざるを得なかった。

再び枕に頭をうずめて天井を見上げる。

八尋さんに対して申し訳ない気持ちと、自分に対して情けない気持ちが入り混じり、言葉が出てこない。

本当は聞きたいことはたくさんある。でもお店に迷惑をかけておきながら、自分の興味本位であれこれ聞くのは、さすがに気が引ける。

時折、誰かがスリッパで廊下を歩くパタパタという音以外は何も聞こえてこない静寂がしばらく流れた。

すると八尋さんの方から話を切り出してきたのだった。

「ソラ様から聞いたよ。店にくる前に、僕が飼っていた猫のことを聞いたようだね」

私が勝手に詮索しているのを知っているにもかかわらず、八尋さんの声が変わらず優しくて、鼻の奥にツンとした痛みが走る。だから私は彼の顔を見ることができず、天井を見上げたまま「はい。ごめんなさい」とか細い声で答えた。

再び私と八尋さんの間に沈黙が流れる。

怒られても仕方ない、そう覚悟を決めていたのだが、彼の口から出てきた言葉は意外なものだった。

「僕はね……。こう見えても昔は名の知れたピアノの演奏家でね」

「八島凛之助……ですか……？」

私がさらりと返したのが意外だったのか、八尋さんの言葉がわずかの間止まった。

「ああ。その名前を耳にしたのは久しぶりだったから、ちょっと驚いたよ。そう、もう二十年以上も前になるね。その名前を知っているということは、僕がピアノの世界から姿を消した理由も知っているということかな？」

私は素直に記者の友人から聞かされたことを話したうえで、核心を切り出した。

「奥様のこと……でしょうか……」

「ああ、その通りだ」

八尋さんの声が鉛のように重くなる。

「ごめんなさい。いらぬことを聞いてしまって……」

「美乃里さんが謝る必要なんてないよ。後ろめたい過去を隠していたのは僕の方なんだから。いや、むしろ、僕はいつか君の方から過去のことを聞かれるのを待っていたのかもしれないし」

「どういうことですか？」

八尋さんの方へ顔を向ける。わずかな部屋のあかりを背にした彼の顔には深いしわが影となって浮かんでいる。彼は見てるだけで胸がぎゅっと締め付けられるような沈痛な面持ちに、乾いた笑みを浮かべて続けた。

「楓庵での君の振る舞いを目の当たりにしてね。君ならもしかしたら……いや……」

言葉を濁した八尋さんが私から顔をそらし、膝の上に置いていたコートを手に取る。

「じゃあ、ゆっくり休んで。お店に出てくるのは元気になったらでかまわないから」

そう言って立ち去ろうとした彼を、私は呼び止めた。

「待ってください！」

八尋さんの瞳には救いを求める色が濃くなっていると、私には思えてならなかった。自然と言葉が口から飛び出す。

「よかったら話してもらえませんか？　奥様とノクターンのこと」

八尋さんは立ったまま私をじっと見つめている。真一文字に結ばれた唇がかすかに震えているのは、葛藤のあらわれだろう。

私も彼から目をそらさなかった。

ピンと糸が張りつめたような緊張が私たちの間に走る。

彼の話を聞いてしまったら、これまでのような心地よい関係が終わってしまうかもしれない。そんなことは分かっている。それでも私は彼の話を聞かねばならない。これまで散々お世話になったんだ。もし八尋さんが苦しんでいるならば、今度は私が助ける番だ。

そんな私の覚悟が伝わったのか、八尋さんは元の椅子にすとんと腰を下ろした。

「ちょっと長くなるけどいいかな？」

「ええ。おかげさまで個室ですし、夜は長いですから」

八尋さんはわずかに口角を上げた後、いつになく重い口調で話しはじめたのだった。

僕がはじめて鍵盤に触れたのは五歳の時だった。

この日は保育園がいっぱいだからということで、母の職場であるピアノ教室へ連れられていってね。待合室の片隅に置かれていたピアノのおもちゃで遊んでいたところで、教室長のおじさんに声をかけられたんだよ。

「本物を弾いてみないか？」

目を輝かせた僕は、無心で鍵盤をたたいた。今思えば、心のままにピアノを弾いたのは、あの時が最初で最後だったかもしれない。母が家のピアノでよく弾いていたショパンの音色を思い浮かべながら、指を自在に走らせたんだ。

「小枝子さん！　ちょっと来てくれ！　授業中？　いいから！　凛之助くんのピアノ!!　天才だよ！　天才!!」

「りんくん……。りんくん！　すごい!!」

大慌てしたおじさんの声。

大喜びする母の声。

その他にも色々な人たちから褒められたよ。

僕は幼い頃から引っ込み思案な性格で、人と接するのが上手くなかった。

父と母がものごころつく前に、些細な喧嘩がもとで離婚していたのも影響していたのかもしれないね。

だからこの日、大人たちが声をかけてくれることがすごく嬉しかったんだ。

もっと上手に弾けたら、もっと多くの人から褒めてもらえるのかな？

僕がピアノを始めたのはそんな単純なきっかけだった。

母も最初は本気で教える気はなかったようだったんだけどね。

自分で言うのもなんだけど、僕は母から教わったことをまるでスポンジのようにあっという間に吸収して、音で表現することができた。

母にとってもそれは格好のストレス発散だったのかもしれない。体力には自信があるからと昼夜関係なく働きながら子育てをしていた母だったが、それでも心身への負担は相当なものだっただろう。でも僕にピアノを教えている時だけは、疲れた顔ひとつせずにいきいきとしていてね。

「すごいわ！　りんくん!!」

母のあの顔がもっと見たくて、懸命に母の言葉に耳を傾け、彼女の指先に目を光らせた。

でもね。僕は夢中になるあまり、気づいていなかったんだよ。

母が変わってしまったことに……。

それは僕が七歳の時。母の誕生日だった。

僕は「ハッピーバースデートゥーユー」のメロディを母に内緒で勉強してね。稽古の前にそれを披露したのだけど、母は鬼のような形相で激怒した。

「おまえは私から教わったことだけやっていればいいの!!」

とね……。

もうこの頃から母にとって僕は『自分だけの忠実な奴隷』だったんだよ。だから母は少しでも自分の思い通りにならなかったら、すぐに癇癪を起こすようになった。

そして友達と遊ぶことはおろか、会うことすら禁じられた。

来る日も来る日もピアノづけの毎日。当然、はじめは反抗したさ。

母はそんな僕を甲高い声で叱りつけた。

「口ごたえするな!! 私がいなくちゃ何もできないくせに!!」

それでも聞かない時は、容赦なく引っ叩かれたな。そんな日々を送るうちに僕の心は壊れてしまった。痛みも苦しみも恐怖も、何も感じなくなった。その代償に喜びも興奮も、そして希望すら僕の心から消え去ってしまった。

けれど、あれは小学四年生の冬。

僕は死んだ心をよみがえらせる人に出会った。

後に僕の妻となる女性……花音だったんだ——。

花音との出会いは、春のうららかな陽射しが差し込む昼過ぎだった。僕の家は、田舎にある一軒家なんだけど、彼女はその庭……といっても芝で覆われたこぢんまりしたところにね、ひとりでたたずんでいたんだよ。

僕は母の言いつけを守って、ひとりピアノの稽古に励んでいた。

母から与えられた課題の曲はショパンの幻想即興曲。弾き終えた後、パチパチと手を叩く音が聞こえた。

「だれ？」

その方へ目を向けると、開きっぱなしになった窓の向こうで、地元の中学校の制服を着た女の子が、こっちを見てニコニコしていたんだ。

「君、ピアノうまいね！」

肩まで伸ばした髪、猫のような大きな目、あどけなさの残る可愛らしい顔立ち——。

桜の花びら舞う風景に見事に溶け込んでいてね。不審に思うよりも先に、吸い込まれるような錯覚に陥って、彼女のことから目が離れなくなってしまったのを今でもよく覚えているよ。

「私は吉沢(よしざわ)花音。花音でいいからね！」

真夏に咲く向日葵(ひまわり)のような明るい声が鼓膜を震わせる。僕は口ごもりながら答えるのが精一杯だった。

「僕は……八島凜之助」

「凜之助くんね。もう覚えたよ！　ところでどれくらいやってるの？　ピアノ」

少し離れたところから大きな声でたずねてくる彼女に、僕は小さな声で答えた。

「……五年くらい」

「そっかぁ。たった五年でこんなにうまいんじゃ、世の中から『不公平』って三文字は消えないわけだ。私も君と同じく五年もやってるのに、さっぱりだもんなぁ」

あごに手を当てて「ふむふむ」とうなずいている彼女に、僕はうつむき加減で告げた。

「あの……。そこ僕のうちだけど……」

「あはは！　ふほーしんにゅーってやつだね！　ごめん、ごめん！　道を歩いていたら、聴いたこともないくらい綺麗な音が聴こえてきたからさ。ついね」

「綺麗な音……」

驚く僕に花音はニカッとしながら、さらりと答えた。

「君の奏でるピアノの音は、まるで今日の青空のようにとても綺麗ってこと！」

彼女が空を見上げ、僕もつられて上を向いた。

雲ひとつない澄んだ青。

僕の奏でる音はこの空に似ている——ドクンと心臓が高鳴り、すっかり枯れた心に喜びが怒涛のように押し寄せてくるのが分かった。

でも僕はそれが恥ずかしくて、「もう練習に戻らなきゃ」と、彼女に背を向けた。すると彼女は僕の背中に声をかけてきた。

「あはは！　ごめんね！　そうだ！　また窓を開けっぱなしにしておいてくれないかな？　私は君のピアノに一目惚れしちゃったみたいなんだ」

自分でも目が大きくなっていることに気づいたよ。そしてこれまでに感じたことのない高揚感にドギマギしていたんだ。

「……むっ、待てよ。ピアノは音だから一目惚れという表現はおかしいかな。一聴き惚れって言葉なんてあったっけ？　まあ、どっちでもいいや！」

パンと手を合わせた花音は小さく頭を下げた。

「ねっ！　お願い！　また君のピアノを聴かせてほしいの！　あ、君の家のお庭にも入らせてくれると嬉しい。だって君のピアノを間近でずっと聴いていたいから」

僕に断る理由も勇気もなかった。……いや、これから何かがはじまる、そんな予感に胸が高鳴っていたんだ。だから「母さんになんて言おう」と考える必要なんて微塵もなかったんだよ。

「うん、いいよ」

それからほぼ毎日、彼女はやってきた。雨が降ろうが風が吹こうが関係なかった。ただ僕のピアノを聴いて、最後に拍手をしてニコリと微笑みかけてくれた。

それが無性に嬉しくてね。

母は相変わらず厳しくて、折檻もよくされたけど、耐えることができたのは、花音に会えること、そして彼女が拍手してくれることが生きがいになっていたからだと思う。

これまでの僕は自分のためにピアノを弾いていた。

怒られたくない、叩かれたくない――その一心だった。

でも花音と出会ったことで知ったんだ。

目の前の人を喜ばせるためにピアノを弾くことの尊さを——。

中学に入る頃には、母に連れられて日本各地のコンクールに参加することになったんだけど、遠征の最中は花音に会えないのが寂しかったな。

「おかえり！　どうだった？　コンクール」

そうたずねる彼女に優勝トロフィーを見せる時は、自分が誇らしかった。

「すごーい!!　やっぱり私が見込んだだけある!!　さすがだよ!!」

もっと彼女と一緒にいたい。

もっと彼女のそばにいたい。

窓一枚隔てている距離が憎い。

そんな思いが募っていった中学三年の終わりのこと。

それは年に一度あるかないかの豪雨だった。

花音はさすがにこないだろうと思って、窓とカーテンを閉めていた。

でも夕方になってふとカーテンの間を覗くと、彼女が立っていたんだ。

窓越しからでも彼女が泣いているのが分かった。

僕は慌てて庭に出て、彼女を初めて家の中に招き入れ、落ち着いたところで涙の理由をたずねた。

「今日でお別れなの……」

ガツンと後頭部を鈍器で殴られたような衝撃に目が回った。

聞けば高校を卒業した彼女は就職のために東京の方へ引っ越すという。

先月には決まっていたことだったが、どうしても僕に言い出すことができなかったそうだ。

「どうして？」

ちょっとでも油断すればあふれ出しそうな涙を必死にこらえて、声を絞り出した僕に、うつむき加減の花音は濡れた服をタオルで拭きながら答えた。

「……約束だから……」

「約束？」

「でも破っちゃった……」

「どういうこと？」

花音は僕の疑問には答えようとせず、タオルを天井に向かってぱっと放り投げると、いつも母が使っている椅子を持ち出してピアノの前に置いた。

「弾こう！　ピアノ！」

つい先ほどまでの湿っぽい空気を吹っ切った花音は、鍵盤に指を置く。

細くて白い指。すっと伸びた背筋。そしていつになく真剣な表情。

これまで見たこともない鋭く研ぎ澄まされた雰囲気に、思わず見とれていると、聞き覚えのあるメロディーが耳に入ってくる。

「ハンガリー舞曲(ぶきょく)……」

ブラームスが書いた連弾のための曲だ。連弾とは二人の演奏者がひとつのピアノで曲を奏でること。

「一緒に弾こうよ」と言わんばかりに、彼女は僕の顔を見つめる。

僕は恐る恐る彼女の隣に腰をかけた。

母から言いつけられた曲以外は、「ハッピーバースデートゥーユー」以来弾いたことがない。言いつけを破ればこっぴどい目にあうのは分かっている。躊躇いと恐怖で手が震えた。それほど僕には母の折檻はトラウマだった。

でも花音は顔を青くした僕に、こうささやいたんだ。

「君は誰のものでもない。君自身のものだよ。さあ、勇気を出して」

その言葉は一服の清涼剤のようで、僕の心はすっと落ち着いていった。

そして彼女と小さくうなずき合った後、僕らはピアノを弾き始めた。

初めての連弾——。

でも昔から練習してきたかのように息はぴったりだった。

ずっとこうしていたいと心から思えるくらいに幸せな時間だったよ。

曲を弾き終わってからも、しばらく余韻に浸っていた。

それから彼女は、僕の頬に優しく口づけをして去っていったんだ。


そこで一度話を切った八尋さんは、目を細めながら穏やかな表情を浮かべている。それは恥ずかしさを隠すためとも、過ぎ去った日を懐かしく振り返っているようにも思える。

私は少し引っかかっていたことをたずねた。

「ところで花音さんの言う『約束』とは何だったんですか？」

八尋さんの顔に一瞬だけ深い影が落ちる。

でも彼はすぐに元の表情に戻して口を開いた。

「母との約束だよ」

「お母さまとの……？　どういうことですか？」

「実は、花音は母が教えるピアノ教室の生徒だったのだよ」

あまりに意表を突かれる言葉に、頬を思いっきり張られたかのような鋭い痛みが走り、言葉を失う。

自然と口が半開きになり、首が小刻みに横に振られた。

そんな私の様子を見て、八尋さんはくすりと乾いた笑みを漏らした。

「僕もね。はじめに聞かされた時は、美乃里さんとまったく同じ反応だったよ。だってすぐに信じろ、という方に無理があるよね。僕と花音が出会う前から、母と彼女の間に『約束』が存在していたなんて――」


花音が去った日の夜。

仕事から帰ってきた母は、花音が家に入ったことをすぐに覚ったよ。

濡れたタオル。動かされた椅子。そして何よりも泣きはらした僕の顔。

激怒されるかと思ったけど、違っていた。彼女は苦々しい顔つきで、吐き捨てるようにつぶやいたのだ。

「あの子……。約束を破ったのね……」

大きく目を見開いた僕に母さんはぶっきらぼうに続けた。

「時々、あなたがひとりで練習しているのを見に行ってほしいと頼んだのよ。あなたがサボっていないかチェックするためにね。その際に二つ約束させたの。『部屋に入ってはならない。凛之助とは余計な話をしない』とね」

「ウソだ……。そんな……」

震えて動けないでいる僕に母は花音とのいきさつを話し始めた。

「花音は児童養護施設の出身なの。元々酷い虐待を受けていたそうよ。新たな里親に預けられたのは小学生になってから。ふさぎ込んでいた彼女に少しでも生きがいを見つけてもらおうと、里親のすすめで始めたのがピアノだったの」

それは僕の知らない花音だった。

母との言いつけを健気に守っていたから、話してくれなかったのか。

それとも僕には話したくなかったのか。

理由は分からない。それでも彼女のことを思うと、涙が止まらなかった。

でも母は淡々とした口調で続けたんだ。

「ピアノの才能なんてまったくなかった。けどすごく熱心な子だったの。誰かに認められたくて必死なんだと、私はすぐに見抜いたわ。だからあなたのことを頼んだ。私の思った通りに、彼女は嫌な顔をするどころか、すごく喜んでくれたわ」

「母さんは……母さんは彼女の弱みを利用したのか……」

「利用した？　ふふ。人聞きの悪いこと言わないでちょうだい。彼女が望んでしたことよ。でも最後の最後で裏切るなんてね。まあ、東京で働くことになったらしいし、もうあなたの人生にかかわることはないでしょう。だから許してあげる。あなたも彼女のことを忘れなさい。いいわね」

「ふざけんな!!」

僕が母に対して、怒りをむき出しにしたのは、この時が初めてだった。

あの時、母の瞳が凍えるようだったのを今でもはっきり覚えている。

「別にふざけてないけど？　あなた、まさかあの子に惚れたの？　ふふ。やめておきなさい。半人前のくせして色恋なんて……恥を知りなさい」

「母さんには関係ないだろ!!」

「関係ない？　凛之助！　ふざけているのはあなたの方でしょ!!　たかだか小娘ひとり失ったからって、我を忘れて親に反抗するなんて。そんな弱っちいメンタルで、日本一のピアニストになれると思っているの？」

その瞬間、僕の中で何かが音を立ててキレた。

大股で母の横を通り過ぎ、傘も持たずに玄関を出ようとする。

しかし僕がドアを開けようとした瞬間に、母の冷ややかな声が聞こえてきた。

「まさかあの子に会いに行こう、なんて考えているわけじゃないわよね？」

「……」

「連絡先は知っているの？」

「……知らない」

「ピアノ教室に行って、住所を調べようとでも思った？　残念だけど、とっくの前に教室を辞めてるから、彼女に関する情報はすべて破棄したわ。学校に問い合わせても無駄よ。明確な理由もなく教えてくれるわけないもの」

すべては母の思い通りというわけか……。

僕は絶望の深淵に突き落とされた。

目の前が真っ暗になり、耳鳴りが激しくなる。立っているのも怪しいくらいに、ぐわんぐわんと脳を揺らされている気分だった。

ところがその時――。

『君は誰のものでもない。君自身のものだよ。さあ、勇気を出して』

花音の声が脳裏に響き渡り、心の中に一筋の光が射しこんできたのだ。

自然とわき上がる熱い思いが口をついて出てきた。

「……なってやる……」

「はあ？　なに？　全然聞こえないんだけど？」

「日本一のピアニストになってやる!!　そしたらこの家を出て、僕は……僕は花音に会いに行く!!」

この時から僕は一心不乱にピアノと向き合った。

寝る間も惜しんで、という言葉通りに、睡眠時間なんて日に二時間もあればいい方だったよ。

母に言いつけられるまでもなく自分で課題を見つけ、次のコンクールに勝つことだけに集中した。

それでも花音のことを忘れた時は、ひと時もなかった。

写真のひとつもないから、僕は彼女の笑顔を頭に焼き付けた。いつだって彼女を感じながら、彼女のためにメロディーを奏でた。

高校を出た後は、母の言う通りにパリにある音楽大学に通い始めた。

大学は全寮制で、「一人前になるまではこっちへ帰ってくるな！」という母の言いつけを守り、年末年始すら日本へ帰らず音楽に没頭した。

大学卒業後はプロになることが決まっていて、大手の音楽事務所とマネジメント契約が結ばれていた。ＣＤやＤＶＤもいくつか発売され、収入を少なからず得るようになったのもこの頃からだ。

すべて母の手はずによるもの。

でも僕は名声もお金もいらなかった。

ただ欲しいのは花音。彼女だけだったんだ。

十九歳の秋。

僕はついに大きなコンクールを総なめにした。これで『日本一のピアニスト』と胸を張れる。だから花音に会いに行こう——そう決心した。

しかしその表彰式の真っ最中だった。

驚くべき悲報を耳にしたのは。

母が、死んだ——。

母の死因については、勤めていたピアノ教室のおじさんから通夜ぶるまいの際に聞かされた。

「凛之助くんのお母さんはね。若い時から進行性の病気におかされていたんだそうだ」

初耳だ。にわかに信じられなかった。

「君のご両親が離婚した理由も、君の出産の際に隠していた病が発覚してしまったからで、厳格だったお父さんの両親が許さなかったらしい」

父とは些細な喧嘩で別れた――というのは、真っ赤なウソだったということか。

「お母さんは凛之助くんの知らないところで闘病していたんだ」

体力に余裕があったから働き詰めだったというのもウソ。

本当は命を削りながら働いて、合間を縫って治療もしていたのか。

「君が小学校にあがる頃には『もってあと十年』と余命宣告されてしまった。だからお母さんは君を一日でも早く自立させるために必死だった。そのため、時には厳しくしつけざるを得なかったそうだ。ただ根はとても繊細な人でね。凛之助くんのことをひどく叱りつけてしまった日の翌日は、涙ながらに『自分が憎い』と漏らしていたのだよ……」

どこまでウソで固められた人生だったのだろう。

息子である僕の前では辛い顔ひとつ見せなかったくせに……。

「君がパリに旅立ってからは、それまで張りつめていた糸がプツリと切れたかのように体調を崩して、病院で寝たきりになってしまってね。それでも君がコンクールで活躍すれば、満面の笑みで喜んでいたな」

おじさんは悲しげに笑みを浮かべていた。でも僕はとてもじゃないけど、彼と同じ気持ちにはなれなかった。

「入院中、ずっと君のことだけを心配していたよ。そして私と音楽事務所の社長さんに『凛之助を頼みます』と遺して息を引き取ったんだ」

おじさんは棺の中で白くなった母さんに慈しむような目を向けた。

「本当によく頑張った。おかげで、凛之助くんはこんなにも立派になったのだよ。ううっ……」

涙を流すおじさんを横目に、僕はとても冷めていた。

ウソばかりの人生。母はそれで満足だったのだろうか。

棺の中の母はとても穏やかな顔をしていてね。

もう誰にもウソをつく必要がないから、清々しいのかもしれない。そんな風に思えてならなかった。

その後、葬式を終えても、僕の気持ちは冷たいままだったな。

哀しくも、嬉しくもない——空虚な感じと言うべきか。

そんな心持ちのまま母の骨壺を持って久々に実家へ。誰もいない家の中は不気味な静寂に包まれていて、居心地が悪かった。

「音がほしい――」

喉の渇きを潤す水を求めるような気持ちで、あれほど飛び出したくて仕方なかったピアノのある部屋に入る。

時刻は午後五時過ぎ。カーテンの向こう側からオレンジ色の西日が差し込んでいた。

何とも言えない息苦しさを紛らわせるために窓を全開にした後、僕はピアノの前に座った。

白い鍵盤に指を置く。ポンという音が弾け、余韻となって部屋を漂った。

一度目をつむり、呼吸を整える。両手を鍵盤の上に置き、胸の内でテンポを作った。

息を止めて鍵盤を優しく叩く。点だった音が線となり、哀愁漂うメロディーに変わる。

ショパンの夜想曲(やそうきょく)第二番。

俗に言う『ノクターン』。

ゆったりとした曲調は、過ぎし日々を想うのにぴったりだった。

母は、僕を奴隷のように扱い、少しでも自分の思い通りにならなければ容赦なく暴力をふるった暴君。でもそれはウソの姿で、本当の彼女は慈悲と愛情にあふれた人だった。

「なんでウソをついたんだよ……」

母が理解できなかった。

なんで病気のことを隠していたんだよ。

なんで辛い顔ひとつしなかったんだよ。

なんでサヨナラを言わせてくれなかったんだよ。

いくつもの「なんで」が浮かんでは消えていく。その度に涙が雫となって落ちていった。

哀しくなんてないはずなのに。

なんでだよ……。

「もうウソはこりごりだ――」

心の底からそう思っていた。

しかし母の残した『最後のウソ』で救われることになろうとは……。

曲の終わりとともに、聞こえてきた乾いた拍手。

僕はハッとなって窓に駆け寄った。

聴き間違えるわけがない。

なぜならこの音が聴きたくて、僕はピアノを弾き続けてきたのだから――。

そう……。窓の外にたたずんでいたのは、花音だった。

「花音……」

四年前とほとんど変わっていなかった。

ちょっとだけ髪の色が明るくなったのと、薄い化粧をしていたけど、あの頃とまったく同じ笑顔が眩しいくらいに輝いていた。

「やっぱり君の音はいつ聴いても綺麗だよ」

「ありがとう。でもどうして花音がここに？」

当然浮かぶ疑問。

花音はわずかに躊躇いを見せたが、大きな目を細くして答えた。

「君のお母さんにね。頼まれたんだよ」

『母』という言葉を耳にしたとたんに、ドクンと心臓が脈打つ。

僕は震える声でたずねた。

「どういうこと？」

「凛之助がひとりで前に進めるようになるまででいいから、あなたに支えてほしいって」

「そうか……。そういうことだったのか……」

『もうあなたの人生にかかわることはないでしょう』

あれもウソだったというわけだ。

つまり母ははじめから僕が真剣にピアノの稽古に励むように、あえて彼女を僕から遠ざけたということだ。

僕はまんまと母の作戦にはまり、ピアノに没頭した。

そして自分の命の火が消えかかっていると知るや、再び花音を僕のそばに送り込んだ

――。

どんな反応をしてよいか、分からなかった。

自然と顔が伏せていく。

「凛之助くん。大丈夫？」

「大丈夫なわけないだろ……。二人して僕をだまして……」

口をついて出てくる毒々しい声。

でも花音は顔色を変えず、ゆっくりと窓の方へ近づいてきた。

「私ね。断ったんだよ。君のお母さんの頼み」

意外な言葉にはっとなって花音を見た。

彼女は少しだけ頬を赤らめながら続けた。

「君のお母さんは素直に私の言葉を受け入れてくれた。そしてこう言ったの。『あなたがどうしたいか、その答えに従ってくれればいいわ』とね」

花音はついに窓のすぐそばまでやってくると、サッシに手をかけた。

僕は椅子から立ち上がる。

「花音はどんな答えを出したんだ？」

「今ここに立っている――それが答え、じゃダメかな？」

一歩また一歩と窓の方へ寄っていき、ついに花音の目の前に立った。

しかし死んだはずの母にずっと見張られているようで、まだ迷っていた。

そんな僕に彼女はさらりと問いかけたのだった。

「凛之助くん。君はどうしたい？」

その一言は、あらゆる悩みを吹き飛ばし、僕の荒れた心を救い出してくれた。だから僕はとても純粋な気持ちを吐露したのだ。

「僕は花音にピアノを聴いてほしい。これから先もずっと」

そう言い終えた直後。

僕は自分の唇と花音の唇を重ねた。

彼女の頬に一筋の涙が伝っているのが目に入り、僕はゆっくりと彼女から離れてその涙を親指で拭った。

それから一年後。

母の喪があけたのを見計らって、僕らは家族になった。

母の敷いたレールに乗ったままでいたくなかった僕は、パリの学校を辞め、花音とともに東京の賃貸マンションに越した。さらにお世話になっていた音楽事務所とのマネジメント契約も破棄した。

これからは自分で敷いたレールの上を走っていこう。花音とともに。

そう決意したんだよ。

そうしてオーストリアの公演という、初めて大きな仕事が舞い込んできた。

花音もすごく喜んでくれてね。

僕自身浮かれていた。

取り立ての免許を財布に入れて、空港まで車で行くことにした。

とても霧が濃い朝だったのを覚えている。

国道の交差点。信号は青だった。

何の疑いもなく直進したところで、左手から大きなトラックが突っ込んできた。

それ以降のことは、あまり覚えていないよ。

ただね。

僕は大切な家族に、またサヨナラを言えないままお別れしたことだけは、心に深い傷となって刻まれたんだ――。

担当医は『奇跡』と言ってくれたよ。そりゃそうだと思う。

大破した車から助け出され、三か月も意識が戻らずに生死の境をさまよい続けたのに、後遺症ひとつなく退院できたのだから……。

でもね。僕にとっては『奇跡』なんて、余計なお世話だった。もしそのまま目を覚まさなければ、どれほどよかったか……。

ひとりでマンションに戻った時。暗い部屋の中で、あの頃と変わらないにおいが鼻についた瞬間に、愕然としたよ。

僕はなんで生きているんだろう……ってね。


かすれた声を絞り出す八尋さんを前に、私はどうしていいか分からず、ただ黙って見守ることしかできなかった。ベッドから起き上がることすらできないことのもどかしさで、心臓がぎゅっと鷲掴みにされたように痛い。

唇をかみしめた私に対し、八尋さんは優しい微笑みを浮かべた。

「ありがとう。聞いてくれて」

「いえ……」

「もう少しで終わるからね。最後までいいかな？」

私は無言でうなずいた。

八尋さんは小さく頭を下げると、これまで通りに淡々とした口調で話を再開したのだった。


生活に必要なお金は、これまでの蓄えを削ることで、どうにかまかなえた。

それも母と音楽事務所の社長さんが、これまで工面してくれたものだったんだけどね。

生きていくためには「こんな金使いたくない」なんて意地を張るわけにもいかなかった。

何もする気にもなれず、ただ無為に日々は過ぎていった。

朝から部屋にこもり、食料品を買う為だけに外へ出るのは決まって深夜零時すぎ。寄るのは徒歩五分のコンビニ。一日一食の弁当と缶の発泡酒を一本買って帰るだけ。

退院したのは春だったから、とうに半年がたった晩秋のある晩。

薄手のコートでは夜道は寒く、両腕をさすりながら早足で歩道を歩いていた。その時……。

「ミャア」

小さく鳴く声が左手の公園から聞こえてきたのだ。

公園と言ってもマンションの敷地内に作られたものでね。小さな砂場とジャングルジムが申し訳なさそうにあるだけ。その片隅に違和感を覚えて、よく目を凝らすと、みかんの段ボールがポツンと置かれている。そこから頭だけを出して、黄色い目を光らせた黒猫がこちらをじっと見つめていたのだ。

「捨て猫か……」

これまで動物なんか飼ったことはなかったし、興味すらなかった。しかし独りぼっちで懸命に救いを求めるその姿に、この時は強く同情してしまってね。

うちのマンションはペットは一匹までは飼ってもいい、というルールまで引っ張りだして、子猫を抱きかかえる理由を作ったんだ。

「ミャア」

　これが僕とノクターンの出会いだった。

　ノクターンの話に差し掛かると、八尋さんは懐かしむような穏やかな顔つきになった。口調も心なしか軽くなったように感じられる。

「とても人懐っこいメス猫でね。部屋中どこに行くにもついて回ってくるんだ。トイレと風呂だけは勘弁してくれと言っても、なかなか聞かなくて大変だったんだよ」

「ふふ。とても可愛いですね」

　私の口からも自然と笑みがこぼれた。

「ああ、親バカと言われても仕方ないけど、とても可愛くてね。僕の心の傷も彼女のおかげで少しずつ癒えていった。不思議なもので、傷が癒えてくると外に出てみたいという欲求がわいてくるものだ。でも『八島凜之助』としてピアノと向き合う自信はなかったよ。だから名前を『太田(おおた)八尋』に変え、マンションから徒歩十分のところにある古いバーで働かせてもらうことにしたんだ」

「カウンターに立っている時の八尋さんが様になっている理由は、バーでのお仕事があったからなんですね」

「そう言ってもらえると、嬉しいやら照れるやらで反応に困るな……。でもバーの仕事は驚くほど自分に合っているように思えてね。それにノクターンとの生活も心地よかった。僕よりも後から部屋にやってきた割には、物を置いてある場所なんかは彼女の方がよく分かっていてね。『あれ、どこへやったっけ?』みたいな時は、たいてい彼女の後をつけていくと見つかったんだ。その後、『どんなもんだい』と言わんばかりに得意げに見つめてくるのが愛おしかったな」

ふと八尋さんの顔が曇ると同時に、少しだけ空気が重くなる。

八尋さんは続けた。

そうして三年がたったある夏。

いつも通りにノクターンへ早めの夕食を出してから、家を出ようとした時に、前にマネジメント契約をしていた音楽事務所の社長さんがマンションのロビーにあらわれたんだよ。

「久しぶりだね。思ったより元気そうでよかった」

五十代とは思えないほど若々しくて素敵な女性の社長でね。以前と変わらないきらきらした笑顔が、懐かしくもあり、あの時の僕には少しだけ重かったたな。

「社長もお元気そうで何よりです。で、今日は何のご用ですか?」

少し身構えちゃったんだけどね。でも決して悪い話じゃなかった。

「八島凛之助のピアノを多くの人に残したい。だからこれまでのコンクールやコンサートの動画をインターネットで公開しようと思うんだ。いいかな？」

正直言ってどうでもよかった。断る理由もないし、

「ええ、いいですよ」

とだけ答えて、その時は別れたんだ。

でも日がたつにつれて、どんな動画が公開されているのか徐々に気になりはじめてね。

自分のコンクールの様子を動画で観たことなんて一度もなかったから。

そこである日の深夜。仕事から帰ってきて、窓を全開にした後、まどろみながらパソコンを開いた。そして音楽事務所のホームページで僕の動画を見つけてね。クリックしてみたんだよ。

演奏中の自分の様子をぼーっとしながら見ていた。

そうして演奏が終わった後、スタンディングオベーションの観客席に映像が切り替わってね。それを観た瞬間に、僕は固まってしまった。

花音がね……。端の方の席で映っていたんだよ。彼女が東京へ引っ越した後のコンクールだったのに……。

僕は急いで別のコンクールの動画に切り替えてみた。

全部ではなかったけど、多くのコンクールで彼女の姿を見つけたよ。

いずれも演奏者からは見えづらい場所にいた。

つまり彼女はずっと僕を見守っていたんだ。僕に気づかれないように。

そう分かったとたんに、それまで忘れかけていた哀しみと、自分への怒りが急にこみ上げてきて、呼吸をすることすら苦しくなってしまった。なんとかして振り払おうと、部屋にあった酒を手当たり次第にあおり続けたんだ。

どれほど飲んだかは分からなかった。

うっすら覚えているのはノクターンが心配そうに遠くから僕を見つめていたことくらいで、後のことは何ひとつ記憶に残っていない。

でもどうやら大量の睡眠薬を、ワインで流し込んでしまったみたいでね。

目を覚ました時は病院のベッドの上だった。

三日後には退院し、部屋に戻ったのだけどね……。

でも、ノクターンがいなくなっていた。

いつか帰ってくるだろうと、ずっと待ち続けたんだけど、彼女は戻ってこなかった。

まるで花音を失った直後のように、僕の生活は荒れていったよ。

そんな折だったよ。

楓庵から招待状が届いたのは。

『ペットと飼い主様が互いの後悔を残さないために。楓庵で最期のひとときをお過ごしになりませんか？　このカフェは不思議な力によって、ペットと飼い主様が直接お話できる場所をご提供します。ただしカフェの存在は他言無用でお願いします』

最初は当然信じちゃいなかったし、怪しい勧誘か何かだと思ったよ。

でも藁にもすがる思いで、招待状に示された場所に行ってみたんだ。

「なんだ？　しけた面したニンゲンだな。あんたひとりか？　ペットはどうした？」

そこで出会ったのがソラ様、というわけさ——。

私が楓庵の仕事に復帰したのは、頭を強く打ってから一週間後のことだった。

「おはよう。美乃里さん」

「おはようございます！　八尋さん」

八尋さんのことについて、気になっていた話を全部聞けて、モヤモヤしたものがなくなったのが大きいのかもしれない。

自然にあいさつできたし、八尋さんの目を見ても動転しないで済んだ。

でも本当はすごく悩んでいることを隠している……。

「おはよう」

カウンターに座っていたソラがふいに挨拶してきた。

　私は二度まばたきをして気を落ち着かせると、

「おはよう！　ソラ！」

　元気な声で返した。

　ソラはそんな私の目をじろりと覗き込んできたが、すぐにマンガ本に視線を戻して「今日は頭打つなよ」と憎まれ口をたたいてくる。

　彼が何も言ってこないことに安心した私は、

「分かってるって！」

　と軽い返事をして、足早にキッチンの方へ向かった。

　途中、カウンターで八尋さんとすれ違ったけど、視線を交わしただけで、互いに声をかけることはなかった。

　そうしてキッチンの奥にある荷物置き場でコートを脱ぎ、エプロンに袖と頭を通したところで、大きなため息をついた。

「はぁ……。どうしよう……」

　私を悩ませているのは、言うまでもなく八尋さんのことだ。

　あの夜、彼は最後にこう言った。

『僕はね。ノクターンを失ったあの日から……いや、花音を死なせてしまった時から、前に進む資格なんて持ち合わせていない。大きな喪失感と罪悪感を背負いながら、これからも生きていくだけ、と心得ているつもりさ。だからもしノクターンに会って「ごめんね」と「さよなら」を言えたとしても、ずっと楓庵で働くつもりだ。人とペットが最期のお別れをする楓庵を守っていくことが、僕ができるせめてもの罪滅ぼしだと考えているからね。じゃあ、そろそろ失礼するよ。話を聞いてくれてありがとう。おかげで少しすっきりしたよ。この埋め合わせはどこかでしなくちゃいけないね』

ひとり病室に残された後も、私はずっと考え続けていた。

何をすべきなんだろう、って。

でもその答えは今になってもまだ見つかっていない。そもそも完全な部外者である私が首を突っ込むこと自体、間違っているのかもしれないし。

『ニンゲンってのはなぁ。後悔や悲しみを背負って生きていかなきゃなんねえヤツもいるんだよ。そういうヤツの心の中は、他人が土足で踏み込めるような場所じゃねえんだ。そのことを忘れるな』

今ならソラの言葉が分かる気がする。

きっと私が手出ししちゃいけないところなんだ……。

うなだれながらキッチンへ出る。

……と、そこに待っていたのはソラだった。

「ったく、シケた面しやがって。露骨に『私は悩んでます』って顔してんじゃねえよ」

腕を組んで横を向いているソラ。やっぱりお見通しだったか……。

「仕方ないでしょ。本当に悩んでるんだから」

「八尋のことか？」

「……うん。ねえ、ソラ！　私、いったいどうすべきなの？　何が答えなの⁉」

「待て、待て。俺はおまえじゃねえんだ。俺に聞かれても困る。それによ……」

そこで言葉を切ったソラはくるっと背を向けると、重い口調で続けたのだった。

「おまえはいつだって『どうすべきか』じゃなくて『どうしたいか』で動いてきたじゃねえか」

ずんと胸に響く言葉だ……。

『どうすべきか』ではなく『どうしたいか』――。

――ふふ。ミノは変わる必要なんてないと思う。相手のことを真剣に考えて、行動に移せる人なんて、他に知らないもの。私はミノが友達であることが、とても誇らしい。

もう会えない親友の声がじわりと胸の内側からにじみ出てくる。

それでも私には決心がつかなかった。

だってもし私のしたいことが叶えられたら、八尋さんは……。

下唇をぎゅっとかみしめながら、動けないでいる私。

するとソラは、キッチンを出る扉の前まで行ったにもかかわらず、もう一度私の方へ振り返った。

「ったく。二人とも世話が焼けるなぁ」

ぶつくさ言いながら大股で近づいてくるやいなや、顔を真っ赤にして口を尖らせた。

「もういいから、店じまいした後、こっそり外で立って待ってろ！」

「どういうこと？」

「おまえの言う『答え』とやらが見つかるはずだ、って言ってんだよ！」

あまりに意外すぎて、ぽかんと口を半開きにして固まってしまった私をしり目に、ソラはプリプリしながらカウンターの方へと消えていったのだった。


仕事前はあれほど悩んでいたのに、いざ最初のお客様を迎えれば、すぐに気持ちが切り替わり、接客に集中していた。

この日は土曜日ということもあって、オープンから予約でぎっしり埋まっている。

あっという間に時間はたち、気づけば最後のお客様を見送っていた。

静かになった店内でほっと息をつきながら、私の作ったまかないで食卓を囲む。

「オムライスか！　美乃里、よく俺の好物を覚えてたな！」

「ふふ。ソラはたいていのお料理が好物でしょ。あ、ピーマンの肉詰めはNGだったわね」

「うまいもん食べてる時にピーマンの話をするなっつーの！」

私たちのやり取りを、八尋さんが優しいまなざしで見つめる――いつもと変わらぬ風景に、「ずっとこのままでいいのかもしれない」という考えが湧き上がる。

でも彼らより一足先に外に出て、冬の冷たい空気に頬が触れたとたんに、気が引き締まった。

ソラに言われたとおりに、ひっそりと外で待つことにしよう。

そうすれば『答え』が見つかるのよね。

期待半分、不安半分、といった心持ちで、足音を立てないように楓庵の建物に沿って反時計回りに進んでいく。

ちょうどいつもソラが座っている場所から壁を挟んだ向こう側に出た。すぐ隣には大きな窓があり、オレンジ色のあかりが漏れている。その窓がわずかに開いていて、中の音が耳に届いてきた。

カチャカチャと高い音がしたのは、八尋さんがコーヒーカップを片付けたからだろう。その後、ツカツカと革靴で木の床を歩く足音。カウンターを出て、ホールの奥へと向かっていく。

そこにあるのは確か……ピアノだ！

そう気づいた直後に、透明感のある旋律が鼓膜を震わせた。

ゆったりとしたメロディー。一度だけ聴いたことがある……。

クラシック音楽好きの茜に連れていかれたコンサートで演奏されていた曲だ。

確か曲名は……ショパンのノクターン第二番。別名「夜想曲」。その名の通り夜空に溶け込むような繊細な調べだ。

ドクンと心臓が脈打ち、腹の底からあふれ出た感情が、一筋の涙となって頬を伝う。

理由は曲の美しさだけではない。

演奏している八尋さんの心情が音色になって琴線に触れたからだ。

そして私はその演奏に彼の声をはっきりと聞いた。

八尋さんは必死に叫んでいる。


――ここから出してくれ！


と……。

彼は今、喪失感と罪悪感という頑丈な鉄格子に囲まれた牢獄の中にいる。

つい一週間前、彼は『前に進む資格なんて持ち合わせていない』と言っていた。

けれど本心は違ったのだ。

メロディーが速くなり、わずかに曲調が激しくなる。

胸の深いところにしまい込んだはずの真っ赤な情熱がむき出しになった。


――僕はピアノが弾きたい！

しかし冬の森は容赦なく彼の心の叫びを呑みこんでいく。誰にも届かない。

――この音を届けたいんだ。花音とノクターンに。頼む……。


最後は懇願しているかのようだった。

再びテンポがゆったりとなり、消えていくように曲が終わった。

余韻が悲壮感となって漂う中、

「美乃里さん……？」

私は無意識のうちに楓庵の扉を開いていた。

「八尋さん！　私がノクターンに会わせてみせます！　だから約束してください！　その時は、もう一度前に進むって!!」

それが私の出した『答え』だった――。

第四幕　破られた約束【完】

# 第五幕　よみがえりのノクターン

　ノクターンに会わせてみせると八尋さんに約束した夜。

　なかなか寝付けなかったけど、ようやく深い眠りについた私は、夢を見ていた。


「ふふ。相変わらずミノはおっちょこちょいなんだから」

　懐かしい声。鼻をつく独特な消毒液のにおい。

　視界は真っ暗なままだけど、ここがどこなのか、私にははっきりと分かっている。

　病院だ。たしか高校二年の秋、親友の綾香のお見舞いに、茜と二人でやってきたあの日のことだ。そこは桜の木が見えない病室だった。

「違う、違う！　あれは中村（なかむら）先生が悪いの！　だって先月ぎっくり腰になったばかりなのよ。それなのに書類を抱えるようにして運んでいたんだから」

「ははは！　だからって遅刻しそうなのに、全部自分で持ってあげて、廊下を走るからそんなことになるんだよ！　おでこに大きなコブができたくらいで済んでラッキーだったね！　さすが、ミノ。持ってるわぁ」

「もうっ！　茜！　バカにしてるでしょ!?」

「まあまあ、とにかく。大したことなくて良かったじゃない。それもミノの日頃の行いが良いからだと思うよ」

「あはっ。だから私は綾香のことが大好きなのよねぇ。嫌みな誰かさんと違って、私の長所を褒めてくれるから」

「ふんっ！　嫌みで悪かったわね！　ああ、もう！　綾香がそうやってミノを甘やかすから、いつまでたってもこの子は変わらないんだよぉ。ちょっとは叱ってちょうだい！」


……懐かしいなぁ。

私と茜と綾香。高校の入学式の日にたまたま同じタイミングで校門をくぐったのがきっかけで仲良くなり、そのまま親友になるまでに時間なんて必要なかった。

毎朝、駅の改札で待ち合わせし、ランチはいつも私の席でとり、学校が終わってからは決まってファミレスの窓際の席を占領したっけ――。

「ねえ、ミノ知ってる？」

ドリンクバーで淹れたアールグレイの紅茶を手にしながら、綾香が私の顔を上目遣いで覗き込んでくる。この仕草をする時、決まって口にするのは彼女の趣味のこと。

「大国主神(おおくにぬしのかみ)様……、大黒(だいこく)様って言った方が馴染みあるかな？　その大黒様には六人も奥さんがいて、子どももたくさんいたんだよ！」

そうそう。綾香は神話マニアだった。暇さえあれば日本だけじゃなく、世界中の神話を読み漁っていたのをよく覚えている。

「あはは！　そんなこと知る訳ないじゃん。綾香はマニアックすぎだよ」

「音楽オタクの茜に言われたくないわ」

大好物のチョコパフェを長いスプーンでつついていた私は二人の間に割って入る。

「まあまあ、綾香の話を聞いてあげようよ」

「ふふ、やっぱり持つべき友はミノよね。大好き！　それでね、最後の奥さんが鳥取神(ととりのかみ)様と言って、霊を運んでくる鳥をつかまえる神様なの。その息子さんは鳥鳴海神(とりなるみのかみ)様で――その正体はよく分かっていないのよ。霊を運ぶ鳥に関連しているみたいだけどね」

「へえ、幽霊って鳥に運ばれてあの世にいくのねぇ。なんだかちょっとロマンチックね」

茜がうっとりとした表情で頬杖をつく。そんな彼女の肩に綾香が腕を回す。

「ふふ。ほんとよね！　死んだら大きな鳥と一緒に大空を翔けることができるなんて素敵よね。どんな景色が見えるんだろう。そうだ！　今度みんなで大黒様と大黒様のご両親が祀られている川越の氷川神社に行ってみようよ！」

「えー、わざわざ川越まで行くのはめんどくさくない？」

「そっか、じゃあ茜は行かないのね。せっかく縁結びの神社でもあるっていうのに」

「縁結び!? 私行く！ いつ行く？ 今日とか!?」

「茜ってば、縁結びにがっつき過ぎだよ」

「逆に聞くけどミノはどうしてそんなに冷静なの？」

「もうカレシがいるからとか」

「綾香!?」

「ウソ!? いや、絶対そうに決まってる！ ねえ、どんな男なの!? 教えてよ！」

「ちょっと、茜まで！ カレシなんていないってば――」


そう……。私たちはずっと一緒にいた。

でも高校一年の終わりに、体調不良を訴えた綾香はそのまま入院してしまったのよね。

それでもあの時は、私たち三人の関係は永遠に変わらないって思い込んでいたな。

「私、卒業できるかな……？」

「何言ってるの、綾香！ そんなのできるに決まってるじゃない！ 私たち絶対一緒に卒業するんだから！」

「ふふ。ミノは優しいね」

「そうだ！　卒業旅行は綾香の行きたいところにしようよ！」

「え？　いいの？」

「うん、もちろん！　どこがいい？」

「ええっと、じゃあ――出雲大社！」

「あは！　綾香らしいね。いいよ、行こう。出雲大社！　だから早く元気になってね！」

「うん、ありがとう。ミノ、茜」

出会った頃から透き通るような白い肌の持ち主だったけど、この時の綾香はさらに磨きがかかったかのように儚げで美しい肌をしていた。

そこで気づくべきだったのに、私にはできなかった。

否、本当は気づいていたのかもしれない。けど、気づかぬ振りをしていたんだ。

もう綾香とはお別れなんだって――。

楓庵の定休日である木曜の昼下がり。私とソラは、二人が出会ったカフェ『ＯＩＭＯ』で向かいあって座っている。だからと言ってデートやお遊びできたのではない。これはビジネスなのだ。

「んで？　大見得切ったはいいものの、何をしたらいいか分からずに、俺に泣きついてきたってわけか？」

眉をひそめて問いかけてきたソラに対し、私はぷくっと頬を膨らませて反論した。

「泣きついたわけじゃないわ。取引きよ、取引き。ソラだって喜んでここまでついてきたじゃない」

「そういうのを屁理屈って言うんだよ！　だいたいなぁ、おまえはいっつもそうじゃねぇか。考えなしに突っ走って――」

ソラがそう言いかけた瞬間、底抜けに明るい声が響いてきた。

「お待たせしました！　当店自慢の『芋づくしパフェ』です！」

以前と同じ店員のお姉さんが、まぶしい笑顔で高さ三十センチの巨大パフェをテーブルに置く。ソラの口から喜びが弾けた。

「おおお!!　きたきたきたぁぁぁ!!」

さっきまでのしかめっ面はどこへやら。目を一番星のように輝かせて、身を乗り出したソラ。しかし私はその細長いグラスをさっと自分の手元にかっさらった。

「んなっ!?　何するんだよ!?　返せ!!」

「ダメ！　取引きに応じてくれるって約束してくれなくちゃ一口たりともあげません！」

私は問答無用といった風に長いスプーンでお芋のアイスをすくって、自分の口に持っていこうとする。

「ぐぬぬぅ。パフェを人質に取るとは……。きたねえぞ」

そしてスプーンが口に入りかけた瞬間に、ソラはがくりと肩を落とした。

「分かったよ。協力すればいいんだろ」

「ふふ。最初から素直にそう言ってくれればいいのよ」

私はスプーンの先をソラの口へ向ける。ソラはそれをぱくりとくわえた。

そのわずか十五秒後にはアイスをまるごとぺろりとたいらげ、お芋のチップスをかじりはじめている。

全部食べ終わる前に本題に入らないと、取引を反故(ほご)にされる可能性がある。そこで私は単刀直入に切り出した。

「なぜ八尋さんのところに招待状が送られてきたのに、ノクターンはあらわれなかったの」

「そんなん知るかよ」

「んじゃあ、ノクターンは今どこにいるの？」

「はあ？　なんで俺が猫一匹の居場所までいちいち知らなきゃなんねえんだよ。世の中に猫がどんだけいると思ってるんだ？」

「じゃあ、じゃあ！　楓庵からの招待状は誰が送っているの？　その人なら何か知ってるかもしれないじゃない！」

「さあな。少なくとも俺じゃないぞ」

いくら質問しても、「知らない」の一点張り。思わずかっとなる。

「もうっ、だってソラは神様なんでしょ!?　もっとしっかりしてよ！」

平日の人がまばらな店内に大きな声が響き渡る。

他のお客さんの目が一斉に集まる……。

私は慌てて、さっきの店員さんに声をかけた。

「こ、コーヒーひとつください！　ホットで！」

ソラと出会った時と同じように、必死に目配せする。

店員さんはコクリと大きくうなずいた後、

「かしこまりました！　コーヒーをおひとつですね！」

明るい声で店内に漂っていた静寂を破ると、他のお客さんにも声をかけ始めた。

さすがだわ。相変わらず完璧なカバーね。

やっぱりあの子とはお友達になれる気がする。

心の中で彼女に向かって親指を立てた後、私は声の調子を落としてソラに詰め寄った。

「もったいぶらないで教えてよ。協力してくれるんでしょ？」

「協力はするが、知らないものを知っているとは言えねえ」

「むぅ……。じゃあ、どうやって捜すのよ？　ノクターンのこと」

「知るか！　そもそも黄泉ならまだしも、現世のことを全部知ってる神なんていねえっつーの！」

その言葉に私はぱっと目の前が開けたかのような感覚に陥った。

「……ということは、黄泉のことなら全部知ってる神様がいるの？」

既に巨大パフェを半分以上たいらげたソラは、スプーンを持つ手を止めずに抑揚のない口調で答える。

「まあな。黄泉にやってきた霊を迎える神なら、いつ誰がやってきたか全部覚えてるはずだ」

「黄泉にやってきた霊を迎える神様か……」

あごに手を当てて考え込む私のことを、ソラは怪訝そうに見つめていたが、何かを思いついたようにはっとなって顔を青くした。

「おまえまさか……」

「うん、やっぱりこれしかないわよね」

ぼそりとつぶやいた私は、テーブルの上に両手を置く。

ソラは首を横に振った。

「おまえの考えていることは言わずとも分かる。でも、やめとけ。『まとも』じゃねえから」

「心配無用よ。はじめから『まとも』なやり方じゃ上手くいかないと分かっていたもの」

「けどな、おまえ――」

さらに何か言おうとする彼を制するように、私は身を乗り出して、お願いを口にしたのだった。

「ソラ！　私を黄泉へ連れて行って！」

三分の一くらいパフェを残したまま、水をぐいっと飲み干したソラは、身を乗り出す私に顔をぐいっと近づけた。

「美乃里。生きている人間が黄泉に行くことがどれだけ危険か。分かってるんだろうな？」

いつになく真剣な顔と声色だ。パシャリと冷水を浴びせられたように、さっきまでの興奮が冷めていく。全身の力が抜けて、ぼふっと椅子に腰を下ろした。

「……そりゃ、分からないけど……」

「すべてを納得して肉体の死を迎えたヤツばっかりじゃねえんだ。そいつらは隙あらば現世に戻りてえって考えているんだぜ」

「どういうこと？」

「つまり生きたまま黄泉へ行けば、体を乗っ取られるかもしれねえってことだよ。そうなったら美乃里の霊魂は黄泉で一生さまようことになっちまうんだからな！　自分の体を捜して」

あまりに現実離れしているけど、ソラの真っすぐな眼差しからしてウソを言っているとは思えない。

知らない場所で行くあてもなくさまよっている自分を想像してしまい、さっと血の気が引き、言葉が出てこなくなってしまった。

ソラは、早くも意気消沈してしまった私から目を離して、パフェの残りに取り掛かっている。

「ったく……。それに、もしノクターンが黄泉で見つかったからといって、何をするつもりだったんだよ？」

「……連れて帰る……とか？」

消え入りそうな声で返すのが精一杯な私に、ソラはとどめを刺してきた。

「はあ？　そんなの無理に決まってるだろ。ノクターンには体がないんだから。無理だ。無理、無理！　黄泉へ行くなんて馬鹿な考えはもうやめだからな！」

しかしその瞬間だった——。

起死回生のアイデアがふわりと浮かんできたのは……。

つまり、私の体をノクターンに貸せばいい。そして八尋さんとノクターンのお話が終わったら、元通りにしてもらえばいいってことだ。

このアイデアが実現できるのか、ソラに確認してみることにした。

「だったら体があればこっちの世界に戻れるってこと？」

私の声色に力が戻ったことを鋭く察知したのか、ソラは私に視線を戻す。

「言っておくが俺は反対だからな！」

「まだ何も言ってないでしょ！」

再び私は身を乗り出した。

ソラもまた私に向かって顔を突き出してきた。

「言わせるものか！」

「協力してくれるって約束でしょ！」

「それとこれとは話が別だ。危険をおかして黄泉へ行って、あろうことか自分の体をノクターンに乗っ取らせるなんて、そんな無茶百回に一回成功すればいい方なんだからな！」

「ということは『成功する可能性はある』ってことよねぇ？」

ひとりでにニタリと笑みが浮かぶ。

ソラは引き気味に顔を青くした。

「違う、違う！　これはおまえが……」

私はバンとテーブルを両手でついて、立ち上がった。

「決まりね!!」

私を見上げたソラは、反論しようと口を動かしている。

しかし私は「言わせるものですか！」とだけ告げて、店員さんの立っているレジの方へと向かっていったのだった。

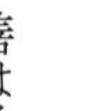

翌日。善は急げという言葉に従った私は、楓庵が閉店した後、例の作戦を決行することにした。

ちなみに八尋さんには「今夜、仕事が終わった後に時間をください！」としか告げていない。だって私が黄泉に行ってノクターンに体を乗っ取らせる、なんて話したら、反対されるに決まっているもの。

そして私の体に乗り移ったノクターンについては、八尋さんと楓庵でお話をし終えたら、ソラが黄泉に連れて帰り、私は自分の体に戻るという手順だ。

「止める気はないんだな？」

今日最後のお客様であるインコのキューちゃんの『黄泉送り』を前に、ソラが私に呆れた様子で問いかけてきたけど、私は何でもないようにさらりと問い返した。

「今さら何を言ってるの？」

「ったく。どうなっても知らねえからな」

「ふふ。平気だって！　どうにかなる！」

本心はかなり不安だけど、それを表に出そうものなら中止にされかねない。

だから私はソラからインコのキューーちゃんに視線を移して、

「バイバイ！　キューーちゃん！　向こうでも元気でね！」

と明るく挨拶してごまかした。


ソラが黄泉送りに行っている間に、私と八尋さんはお客様のお見送りを終えて、店じまいの支度をはじめた。

普段だったら、その日あった出来事や客のことで、一方的にベラベラと回る私の口が、この時ばかりは上下の唇が縫い付けられたかのようにまったく動かない。私の次によくしゃべるソラも、十分くらいで戻ってくるはずなのに、二十分たってもやってこず、店内は静まり返ったまま清掃が終わった。

カウンターで一息ついていると、八尋さんがコーヒーを差し出しながら問いかけてきた。

「そろそろ話してくれないかな？　今夜、美乃里さんは何をするつもりなんだい？」

穏やかだけど有無を言わさぬ口調だ。それにあと少しすれば、いずれにしても作戦の内容はばれるに決まってる。

そこで私は事細かに説明した。すべてを聞き終えた後、八尋さんは小さなため息を漏らし、自分のカップに口をつけた。

「やっぱり反対……ですよね？」

コーヒーカップで顔の下半分を隠しながら、恐る恐る問いかけた私に対し、八尋さんは目を細めて微笑んだ。

「反対しても止める気はないんだろう？」

無言でコクリとうなずく。

「だったら反対なんてしないよ。でもひとつだけ聞かせてくれるかな？」

もう一度、無言でうなずいた。

「どうしてそこまでして僕にノクターンと会わせようと頑張ってくれるのかな？」

「八尋さんが前に進むためです……というのは表向きの理由で、本当は自分が前に進むためなんだと思います」

「美乃里さんが前に？」

八尋さんは首を傾げて目を見開いた。

私は呼吸を整えた後、これまで誰にも話せなかった胸の内を語り始めたのだった。

私、十年以上も前から後悔していることがあって……。

親友の——名前は綾香っていうんですけどね。重い病気でずっと入院していたんです。高校三年生の春、彼女はもう動けなくなっていて、お医者さんから私たちにも『無理はさせないように』って聞かされてました。

でも彼女は『誉桜が見たい』って私にお願いしてきたんですよ。誉桜というのは、新河岸川の川沿いにある桜並木のことなんですけどね。

私は『病気を治して来年見よう！』って彼女のお願いを突っぱねました。

私、綾香なら絶対に病気に負けないで、元気になれるって信じてたんです。だから今はお医者さんの言う通りにするのが良いと思ってました。

彼女は『そうね』と口では納得してましたけど、表情は悲しそうでした。

それから数日後のことです。彼女は亡くなりました。

私、すごく後悔して。

なんで彼女の最期の望みをかなえてあげられなかったんだろうって。

その時からの私は、他人の顔色ばかりを気にするようになってました。

相手のことを傷つけるのが怖くて、本心をさらけ出すことができなくなってしまったんです。

そんな自分を変えたいと、ずっと思ってました。でも十年以上も全然変われなくて……。

浮気してた彼氏にふられた時も、勤めている会社から理不尽な目にあわされた時も、私は何も言えなかった。

ああ、あの時の『後悔』を背負ったまま、この先も生きていかなきゃならないんだな……。そうあきらめかけてたんです。

でもソラに出会って、ここで働かせてもらえるようになってから、もう一度前に進みたい、って思えるようになりました。

きっと……いや、絶対に、飼い主とペットがどんなに哀しくても前に進もうと必死に頑張っているのを、ずっと間近に見てきたからです。

でも後悔を捨てて前に進むにはどうすればいいのか、分かりませんでした。

そんな時です。八尋さんから秘密を打ち明けられたのは——。


ここで私は言葉を切った。

「美乃里さん……」

八尋さんの温もりのある口調のせいからか、両目から涙があふれ出てくる。

でもまだ何も始まってないんだ。

泣いてなんかいられない。

ゴシゴシと涙を拭いてから、ぐっとお腹に力を入れて続けた。

「私と同じなんだって思いました」

八尋さんが目を丸くして私を見つめる。

「あ、もちろん私と違って、八尋さんには素晴らしい才能があるのは分かってます。でも『後悔』を抱えたまま前に進めないのは、まったく一緒だなって。そしてピアノの演奏を通じて、八尋さんの心の叫びを知りました。前に進みたくて必死にもがいている。それも私と一緒……」

八尋さんは口を固く結んだまま、私を見つめている。

否定も肯定もしないけど、私の言葉を受け入れようとしてくれていることだけは伝わってきた。だから私は迷わずに、はっきりとした口調で続けた。

「だから八尋さんが前に進むことができたなら、私も前に進める気がしたんです」

ここで私はひと呼吸置いた。

そう……。これは八尋さんだけの問題じゃない。

私自身の問題でもあるんだ。

だから、私は引き下がらない。この先、どんなに危険なことが待っていようとも。誰にどれだけ反対されようとも――。

「確信はありません。でも信じてます。八尋さんも私も『後悔』を捨てて、前に進めるんだって。そのきっかけは、八尋さんがノクターンと会ってお話することから始まると思ってるんです」

「そうか……」

八尋さんは言葉を切って、ゆったりとした動きでコーヒーを口にする。

そうしてしばらくたってから、コーヒーカップをソーサーに置いた後、私と目を合わせると、小さく頭を下げたのだった。

「よろしく頼むよ。僕にノクターンと会わせてくれ。君を信じてるから」

ぐわっと腹の奥から熱いものがこみ上げてきて、体中が熱くなる。

ちょっとでも油断すればまた泣いてしまいそうだ。

それをごまかそうと、一気にコーヒーを飲み干す。ほぼ同時に「チリリン」とドアの鈴が鳴り、ソラが戻ってきた。

「黄泉送りの時間だ！　美乃里、ついてこい！」

私は勢いよく立ち上がり、八尋さんに目を向けた。

八尋さんは柔らかな笑みを浮かべて、小さく顎を引く。

とんと背中を押されたような気がした。

「いってきます！」

こうして私にとって生まれて初めての『黄泉送り』が幕を開けたのだった。

◇◇

楓庵を出てから森の中を進んでいく。灯りなんてないから歩きづらくてしょうがない。

「引き返すなら今のうちだぞ」

私の前を行くソラがこちらを見ずに問いかけてきた。

しかし私が何も答えなかったのは、転ばないように彼の背中を追いかけるのに必死だったからだ。

一方のソラもそれ以上は何も口を出そうとはしなかった。

枯れ枝を踏む、パチパチという音だけが木々の間をすり抜けていく。

いったいどこまで進んでいくのだろうと、疑問が浮かんできたところで、ソラが足を止めた。

すぐ目の前には、四畳分ほどの広さで、黒い土がむき出しになっている地面がある。不自然に木が生えておらず、明らかに怪しい。

「そこで大人しく見てろよ」

ソラはその地面の端に立ち、
ダンッ！

右足を踏み鳴らした。

その直後、ゴゴゴという大きな音とともに地面が割れ、地下へ続く坂があらわれたのだった。

「驚いたわ……」

率直な感想が口をついてでてくる。

ソラはちらりと私の方を振り向いて、「だろ？」とドヤ顔をしてきた。

その表情があまりにも憎たらしくて、嫌みのひとつでも返さないと気が済まない。

「死んだら空の向こうに行くものだと思っていたから、驚いただけよ」

「ふんっ。相変わらず素直じゃねえな。そんなんだから男のひとりも……」

「無駄口たたいている暇なんてありません！」

「おい、待て！　勝手に行くな!!」

坂は狭い通路になっていて、意外にも暖かかった。それに地面は石畳だし、壁には松明も灯っていて歩きやすい。

すいすいと進んでいくと、前方にポツンと点のような白い光が見えてきた。

進めば進むほど、光が大きく、そして明るくなっていく。

あの先が黄泉に違いない――。

死後の世界とか、神様とか、そういったことを全然知らない私でもそう確信した。

自然と足が速くなる。

「おい、美乃里！　危ないから待てって!!」

待ってなんかいられるはずがない。

この坂を抜けた先に、探している答えがあるのだから。

いつの間にか早足から全力疾走に変わっている。

息は上がっているが苦しくない。だから懸命に手足を動かした。

前へ。前へ。前へ！

そうしてついに光の向こう側へ飛び込んだのだった――。

「えっ？」

足が急に軽くなる。

もしかして……と思い、ちらりと下を見る。

「ウソ……」

いや、ウソなんかじゃない。

地面がない……！

つまり今、私は空中にいる！

「きゃあああああ!!」

叫び声とともに急降下がはじまる。

遥か下方に見えるのはゴツゴツした岩場。

このままだと、まずい！

でも手足をばたつかせたところで、飛べるはずもない。

もうダメだ――。

そうあきらめた瞬間だった。

真上を黒い影が通り過ぎた。

バサッ！

大きな翼が羽ばたく音とともに聞こえてきたのはソラの声。

「だから言っただろ。危ないから待てって」

直後に私の体は、大きくてふわふわな場所の上に落ちた。しかも温かい。まるで生き物みたい。

……いや、生き物だ。だって顔を上げた先には丸い頭がはっきりと見えるのだから。

何が起こったのか分からず困惑している私の耳に、もう一度ソラの声が届く。

「そこから落ちるなよ」

間違いない。

今、私がいるのはソラの背中だ。左右を見回すと、虹色に輝く大きな翼が目に入ってくる。

「鳥……」

そう、鳥だ。

つまりソラが大きな鳥に変身したのだ。

綾香が霊を運ぶ鳥の話をしてくれた時に、

『昔から霊を黄泉へ運ぶのは、蛇や竜の役目だと信じている人は多いの。その証に盆綱（ぼんつな）と言って、蛇や竜に見立てて編んだワラを子どもたちが担いで村を練り歩く、なんて風習も残ってるくらいだからね。確かに蛇や竜の中には霊を運んでいるのもいるらしいの。でも竜や蛇だけじゃなく、鳥も霊を運んでいると信じられていたのよ』

と教えてくれたのをうっすら思い出した。

頭から尾まで金色の羽毛に包まれ、頭の先には赤い羽根が冠のように二本はえている。

背後を振り向けば、色とりどりのとても長い尾羽が五本、気持ちよさそうになびいていた。

どこかで見たような姿なんだけど、何だったかな？

そう考えているのを見透かしたように、ソラの声が耳に入った。

「ニンゲンの世界の一万円札だよ。知ってるだろ。そこに俺の姿が刷られてる」

「確かつい最近クイズ番組でやってたわね。確か……平等院（びょうどういん）の鳳凰（ほうおう）！」

「ビョードーインってのが、何なのか分からねえけどよ。鳳凰ってのは当たりだ」

鳳凰とは中国（ちゅうごく）の神話から伝わる伝説の霊鳥――というテロップがクイズ番組で流れたの

を、うっすらと覚えている。

　まさかソラが鳳凰だったとはね……。

　けれどそんな非現実的なことを聞かされても、あまり驚かなかったのは、楓庵の仕事を通じて未知の世界に対する免疫ができたからなのかな。

「前にも話したけど、ここではお前の体を乗っ取ろうと考えている霊はうじゃうじゃいるんだ。だから勝手な真似をするんじゃねえぞ」

「分かったわ、ソラ。ありがとう、助けてくれて」

「なんだよ？　やけに素直じゃねえか。調子狂うな」

「何よ！　だったらここで暴れればいいの？」

「バカ！　そんなことしたら、もう助けてやらねえからな！」

「ふふ、冗談よ。黄泉の世界ではソラにちゃんと従いますから」

「……ったく。ニンゲンの世界でも従えっつーの。まあ、いいや。よし、じゃあ、しっかり掴まってろよ。ちょっと飛ばすぞ！」

　ソラがぐんと加速する。頬にあたる風が気持ちいい。

　ようやく心に余裕ができ、周囲を見渡してみた。

　上空は黒一色に染まっているけど、不思議と視界はひらけている。たとえるなら黄昏どきのような明るさだ。

地上は相変わらず岩場が続いているけど、進むにつれて大きな岩が少なくなり、砂利が多くなってきた気がする。

まるで河原のようだ——。

そんな風に感じているうちに、ずっと先の方に大きな川が見えてきた。

「あそこだ！」

そう叫んだソラは翼を三度、大きく羽ばたかせた。

さらに速度が上がる。

私は背中の羽毛をしっかり握って、姿勢を低くした。

視界には黒い川面がはっきりと映っている。

さらに手前側の岸に小舟と、その隣に桃色の着物に身を包んだ細身の女性が見えてきた。

「あの人は？」

「鳥取神っていう名の神だよ」

「あっ！　その名前聞いたことある！　綾香が教えてくれた神様の名前だわ！　たしか『霊を運ぶ鳥をつかまえる』って言ってたような……。もしかして、その鳥がソラってことなの？」

「アヤカってのが何者なのか知らねえけど、まあ、そういうことだよ」

鳥取神と呼ばれた女性もこちらに気づいたようだ、白くて細い右手を上げて微笑んでいる。

見た目は私のお母さんと同じくらいの年代かしら。でも妖艶さを感じる口元と、シャープで美しい顔立ちは、神々しさが感じられて、見ているだけで胸がドキドキしてきた。

「降りるぞ」

徐々に高度と速度を落としていったソラは、鳥取神様の前で地上に降り立った。私がその背中から離れると同時に、ソラも人間の姿に戻った。

「あら、ミイくん。今日は遅くまで頑張るのね」

ミイくん？

眉をひそめてソラを見たが、彼は私を無視するように一歩前へ出て口を尖らせた。

「だからその名前で呼ぶのはやめてくれよ。ニンゲンの世界では『ソラ』って呼ばれてんだから」

「ふふ。そうだったわね。ところでその子、実体があるみたいだけど。まさか生きてる子を連れてきちゃったの？」

鳥取神様が細い目を私に向ける。

口調は穏やかだけど、視線は突き刺すように鋭くて、私の背筋が思わず伸びた。

「ああ、実はここに用があってな。それが終わったらすぐに元の世界へ戻ることになってるんだ」

「用事？」

鳥取神様が小首をかしげるのを合図にして、ソラの横に並んだ私は早口でまくしたてた。

「ノクターンという黒猫の霊を捜しているんです！　お願いします！　どこにいるか教えてください!!」

「ごめんなさいね。私には分からないわ」

淡々とした口調でさらりと否定され、後頭部をガツンとはたかれたような痛みが走る。

「そんな……」

「でもウミなら知ってるかも」

「ウミ？」

目を丸くした私の横から、ソラが口を挟んだ。

「ああ、あいつか。んで、どこにいるんだよ？」

「さあ……。あの子は気まぐれだから」

「ったく、自分の子どもの居場所ぐらい、ちゃんと知ってろってんだ」

ウミというのは鳥取神様の子どもなの？

そう言えば綾香が『鳥取神の子どもは鳥鳴海神』みたいなことを言っていたような……。

「黄泉は広いんだぜ。どうやって捜せばいいんだよ」

放り投げたような口調のソラが鳥取神様の立っている向こう側に目をやる。

彼の視線を追いかけると、真っ黒な川の奥は、灰色の草原がどこまでも続いており、さらにその先は暗闇に覆われていた。

確かにこの中を当てもなくさまよいたくない。

言いようのない不安に胸が押しつぶされそうになる。

「ふふ。でもその心配はいらないかもしれないわよ」

どういうこと？

そう口にしかけたその時だった。

「楓庵のお姉ちゃん！」

聞き覚えのある声が頭の上から響いてきた。

はっとなって見上げると、白い光の玉が二つ、ゆっくりと降りてくる。

そして私とソラの前で動きを止めた後、ピカッと眩しい光を放った。

思わずつむった目を恐る恐る開けてみると、目の前にたたずんでいたのは、オレンジ色のポメラニアンとキジトラの猫――。

「やっぱり……レオくん！　それにあなたはフクくんね！」

そう、彼らはかつて楓庵にやってきたペットたちだったのだ。

びっくりしてとっさにどう反応してよいか分からないでいる私の足元に、フクが長い尻尾を揺らしながらやってきた。

「さっきインコのキューが教えてくれたんだよ。もうすぐあんたが黒猫のノクターンを捜しにここにやってくるってな」

「インコのキューちゃんって、さっきまで楓庵にいたお客様のペットよね？　まさかソラ、彼に何か言ったの？」

「べ、別にいいだろ。減るもんじゃねえし」

「そんなわけないでしょ！　あの子は黄泉へ行くのをすごく怖がってたのよ！　だからみんなで励まして、ようやく決心してくれたのに。そんな子を使い走りにするなんて……。信じられない」

　私が呆れた声でソラにつめよると、レオが小さな体をいっぱいに伸ばして私のすねに前足をかけた。

「お姉ちゃん、怒らないで。僕たちはお姉ちゃんの力になれるのが嬉しいんだから。それはキューも一緒だよ」

「え？　どういうこと？」

　戸惑う私に、レオはくりっとした目をキラキラさせながら答えたのだった。

「お姉ちゃんは僕たちのために一生懸命頑張ってくれた。だから今度は僕たちがお姉ちゃんのために頑張りたいんだ！」

　彼の言葉がズンと胸の奥に突き刺さり、どんな言葉で返せばいいのか分からない。

混じりけのない好意を向けられたことなんて、どれくらいぶりだろうか。

目をキョロキョロと泳がせた私を気遣うようにフクが口を開いた。

「……というわけだからよ。俺たちに協力させてくれよ。それにそろそろ見つかる頃だと思うぜ」

その直後、川の向こうに広がる黒一色の空にキラリと何かが光った。月も星もないはずなのに。「あれはなに？」と、誰かに疑問をぶつける前に、男性の声があたりに響いてきた。

「ウミ様を見つけたよ！　今、僕の真下にいる」

エトワールの飼い主、智也さんだ。

智也さんまで助けてくれるなんて……。暑くないのに体の芯から熱を帯びてきた。

正直言って、ソラがそばにいてくれるとはいえ、とても不安で仕方なかった。でもこうしてみんなが手を差し伸べてくれることで、不安が薄らいでいき、まるで雨上がりの後の雲間から光が射しこむように心の中が明るくなっていくのを感じていた。

「でも早くしないとウミ様はどこかへ行ってしまうよ。とにかく動き回るのが好きな神様だから」

焦りをあらわしているかのように星が何度かまたたいた。

するとソラがフクと視線をあわせて言った。

「一足先にウミのところへ行って、伝言を頼まれてくれねえか？　『ソラが会いにいくからそこで待ってろ』ってな」

「お安い御用だ。俺は伝言が得意だからな」

フクの表情は変わらない。でも私には口角をあげたように思えてならなかった。彼は私の足元から離れて川の方へ歩き出し、

「ついでに膝の上にでも乗って、動きを止めておくか」

そう言い終えるなり、あっという間に川の奥へと消えていった。

「さてと。俺たちも行くぞ」

再び鳳凰に姿を変えたソラ。

これまで何も言えないでいた私は、何か言葉を出さないといけない気がして、彼の前に立った。

「ソラ、ありがとう。あなたのおかげよ」

「礼は全部終わってから言うものだ。それに言うべき相手は俺だけじゃねえだろ。さあ、早く乗れよ」

無言でうなずいた私は、彼の後ろへ回り込んで背中に乗りこむ。

鳥取神様が優しく手を振った。

「気を付けていってらっしゃい。川の向こうは物騒だから」

物騒、という言葉で、薄れたはずの不安が再び顔を覗かせる。

川の向こうは灰色の草原。その奥は暗闇。

どんなに楽観的な人でも、この景色を見れば恐れおののくに違いない。

でも今さら怖じ気づくわけにはいかないのは分かってる。

ごくりと唾を飲みこみ、「大丈夫です」と強がろうとしたその時。

「鳥取神様、大丈夫だよ」

私の言葉を盗んだのはレオだった。

さも当然のようにソラと私の横に並んだ彼は、小さな胸を大きく張った。

「僕が彼女を守るから！」

高らかに宣言した彼に対して、鳥取神様は透き通った微笑みをおくっている。

「そう、それは頼もしいわ」

「うん、任せて！　僕は騎士だからね！」

私に顔を向けて尻尾を振るレオ。冗談を言っているとは思えない。

つまり彼は本気で私のことを守る気なのだ。

これで今日は何度目かしら？

涙がこみ上げてくる。でもソラは泣かせてなんかくれなかった。

「じゃあ、出発だ！　ノクターンの居場所を聞きに行くぞ！」

バサッと羽ばたく音とともに涙は目の奥に引っ込み、緊張と期待で胸が高鳴っていった。前に進んでいる——。

そんな実感とともに、私は風になったのだった。

ソラの背中に乗って、星となった智也さん目がけて一直線に飛んでいく。

川を越え、灰色の草原に入ったとたんに、草むらから姿をあらわした霊たちが私の体を奪おうと次々に襲ってくる。

おぞましい声。紫色の光を帯びた球体の中に苦悶に歪んだ顔がくっきりと浮かんでいる。

「させるかよ！」

ソラが左右にかわし、それでも近づいてきたものは、

「僕が相手だ！」

レオが噛みついて撃退した。

ううん、レオだけじゃない。

「楓庵のお姉ちゃん！」

「俺たちも手伝わせてくれ！」

「今度はお姉さんを私たちが助ける番よ！」

多くの楓庵に訪れたペットたちが駆けつけてくれて、私のことを守ってくれたのだ。

私はソラの背中にしがみつくのが精いっぱいで、ありがとうを心の中で何べんも繰り返

すことしかできなかった。

同時に浮かぶ疑問。

「どうして私なんかのために？」

「人間とペットはお話ができないでしょ。だから人間から嬉しいことをしてもらったら、相手が喜ぶことを全力でする――。そうやって絆を強めてきた。お姉ちゃんは僕たちを喜ばせてくれた。だからお姉ちゃんが喜んでもらえるように頑張るのは当たり前なんだよ」

途中、少し落ち着いたところで、レオがそう教えてくれた。

これまでの人生。私はどれだけの相手と絆を結んでこられただろうか。

もしかしたら、いや、はっきりと言える。

私は綾香のことがあってから、誰とも絆を結べていない。

それは誰も、七年付き合った彼氏ですら、私に手を差し伸べてきてくれなかったからだと思い込んでいた。

それはとんだ勘違いだった。

これまでも、今みたいに多くの手が私へ差し伸べられてきたに違いない。

その手を「相手に悪いんじゃないか」と振り払っていたのは、私の方だ。

だから誰とも絆を結べなかったんだ。

私は今、差し伸べられた無数の手をしっかりと握り返している。

無数の絆を結んでいる——。

喜びに満ち溢れ、どこまでも飛んでいけそうなくらいに心が軽い。

これからもそうやって生きていきたい。

だから綾香。

ごめんね。私はあなたへの後悔を捨てる。

許してくれるかな？

あの頃みたいに、また笑って手を差し伸べてくれるかな——？


「着いたぞ。あれがウミ——鳥鳴海神だ」

人の姿に戻ったソラが指さした先には、ソラよりも年下と思われる男の子。

フクを膝に乗せ、ニコニコしている。

「ソラにい!!　ここまできてくれるなんて何百年ぶりかな!?　すごく嬉しい！　ねえ、何して遊ぶ？」

彼が大声を上げると、灰色だった草原に緑や赤の色が加わった。

あたり一面が春のように明るくなる。

どうやらウミはソラのことを、すごく慕っているみたい。

でもソラはニコリともせずに、

「黒猫のノクターンってのを捜してるんだ。おまえならどこにいるか分かるだろ？」

淡々とした口調で問いかけた。

それでもウミは満面の笑みを崩さない。

しかし次に彼の口から聞かされた言葉で、私は気を失ってしまうほどのショックを受けてしまったのだった。

「ははは！　そんな霊はここにはいないよ。だから捜すのはやめて、僕と遊ぼう！　ねっ、いいでしょ!?」


ノクターンが黄泉にいない——。

ガクリと全身から力が抜けて、後のことはあまり覚えていない。

なすすべなく、ソラの背中にしがみついて引き返したのだと思う。

思う、としたのは、本当に記憶があいまいだからだ。

「そう落ち込むな。現世にとどまっている霊魂もいるって話しただろ？　黄泉にいないことが分かっただけでも、捜す手間は半分になったってもんだ」

鳥取神様の前までやってきた後、人の姿に戻ったソラが励ましてくれた。

でも彼の言葉が右の耳から左の耳へ抜けていく。

レオ、フク、ソラ、それに鳥取神様が私を心配そうに見つめていた。

何か口にしなくちゃ。

――ごめんなさい。


言うべきなのは、この言葉ひとつなのは分かってる。

目からぽろぽろ落ちる涙をそのままにして、私は口を開こうとした。

しかし――。

「謝るつもりだったら、やめとけ」

ソラの言葉が私の心をえぐった。

感情が一気にあふれ出してくる。

「なんで……？　だって私が悪いんだよ？　みんなを振り回して。八尋さんとの約束も守れなくて。全部、私のせいなんだよ？　ううっ……。うわあああああ!!」

涙と泣き叫ぶ声が体のあらゆるところから噴き出している気がした。

でも私は気づいていた。

みんなや八尋さんに申し訳なくて泣いているんじゃない。

本当は……。

嫌われてしまうことが怖くて怖くて仕方なかったから――。

私は……何も変わってなんかいなかったのだ。

「だったらよ……」

ソラが震えている。顔は真っ赤だ。

きっと私に怒ってる。彼も私のことが嫌いなんだ。

そう思って「ごめんなさい」と頭を下げた瞬間。

「だったらとことん振り回してみろよ!!　バカ野郎!!」

ソラの声が空気を震わせた。

眉間にしわを寄せ、大きな瞳からは滂沱として涙が流れている。

彼は口から唾を飛ばしながら、それでも懸命に続けた。

「中途半端に振り回して、一度ダメなら、もうあきらめるつもりかよ!?　悔しいのはおまえだけじゃねえんだ!!　俺だって同じなんだよ!!　全部、自分のせいにして、逃げようったって、そうはいかねえからな!!」

「ソラ……」

「うだうだ考えずに、やるんだよ!!　勇気を出して、全部をぶん回してみるんだよ!!　とことんやってダメなら、あきらめがつくじゃねえか!　まだ終わってなんかいない。むしろこれから始まりだ!!」

あまりの剣幕におされて、涙がピタリと止まる。

ソラはそんな私の両肩を強く掴んで締めくくった。

「怖がるな、美乃里!!　おまえの強さは俺がよく分かってるから」

こんなところで諦めたくない。でも、もう私が何をしてもノクターンは見つからないんじゃないか……。前を向く気力が出てこない。

するとレオがふさふさの尻尾を懸命に振りながら、私を励ましてきた。

「お姉ちゃんなら絶対に大丈夫！　頑張って！」

それからフクが体を私の足に擦り寄せながら声をあげる。

「まあ、なんとかなるって。だってお前さんはあの頑固じじいの心をほぐしたんだぜ。自信持てって」

そして智也さんの声が上空から聞こえてきた。

「美乃里さん、みんな君のことを応援しているよ。どこにいても空から見守っている。だから諦めないでほしい。頑張れ！」

みんなの励ましの声で心に火がついた。

「ソラ。もう一度、ウミ様のところへ連れていって！」

「うわっ！　驚いた！　まさかソラにいにまた会えるなんて！　やっぱり僕と遊びたくなった!?」

「ウミ。勘違いするな。これには訳が――」

「ウミ様！　お願いがあるんです!!」

私は二人の間に割り込んだ。

「花音さん……八島花音さんの霊がどこにいるか、教えてください!!」

そう、八尋さんの亡くなった奥様の霊の居場所を知るためだった。

「え？　あ、うーん……」としばらく考え込んだウミ様だったが、「ごめん、そんな霊は知らないよ」と、申し訳なさそうに首をすくめた。

でも私にとっては想定内だ。

「つまり黄泉にはいないってことですか？」と念を押す。

「僕が知らないと言えば、そういうことになるね。なんだい？　このニンゲンは……」

ウミ様が眉をひそめて、ソラに向かって口を尖らせた。

でも私はそれ以上、彼に口を挟ませなかった。

「もうひとつ聞かせてください！　数年前、黄泉に黒猫が迷い込んできませんでしたか？」

「黒猫？　あ、そう言えば母さんが『まだ体は元気なのに、魂が抜けてしまった可哀そうな黒い子猫を見かけた』と、言ってたような……」

やっぱりそうだ！

私はパンと手を叩くと、ウミ様にぺこりと頭を下げた。

「ありがとうございました！　ソラ、行こう!!」

「は？　おい、待てよ。けっきょく何も解決してねえだろ!?」

「いいから、いいから。ウミ様、お会いできてうれしかったです！　では、また！　さよなら！」

「あ、え、うん。バイバイ」

きょとんとした顔をしているウミ様をそのままにして、私はソラやレオたちとともに、その場を後にした。

「いったいどういうことなんだよ？　ちゃんと説明しなきゃ分からねえだろ」

途中、そう問いかけてきたソラに、私は素直に自分の考えを話した。

「黄泉に迷い込んできた黒猫に、花音さんが乗り移ったんだと思うの」

「はあ!?　つまりノクターンは花音だった、と言いたいのか!?」

八尋さんが私にこれまでのことを打ち明けてくれた時、ノクターンのことをこう言っていた。

『物を置いてある場所なんかは彼女の方がよく分かっていてね。「あれ、どこへやったっけ？」みたいな時は、たいてい彼女の後をつけていくと見つかったんだ』

もちろん偶然の出来事を、多少おおげさに言ったかもしれない。

でももしノクターンが花音さんだったとしたならば説明がつく。

それに加えて、八尋さんの前にあらわれたタイミングも、八尋さんにとてもなついていた理由も、すべて理にかなうことになる。

「でもよ。百歩譲ってノクターンが花音だったとして、今、彼女はどこにいるんだよ？」

川を越えて河原に戻ってきたところでレオたちと別れ、私とソラは黄泉から現世へ戻る坂を上っていた。

「それは分からない」

「おいおい、だったらどうするんだよ？」

「分からないけど、想像はつく。でもそれにはひとつ条件が必要なの」

「条件？　どんな」

「先へ行けば分かる!!」

「おい、ちょっと待てよ！」

私はソラの甲高い声を背中に聞きながら、全力疾走で坂を駆けあがっていった。

向かう先はただひとつ。

八尋さんの待つ楓庵。

もう立ち止まるものか。

そう心に固く誓って、一直線に進んでいったのだった。

◇◇

「そうでしたか。ノクターンは黄泉にいなかったんだね……」

楓庵のカウンターで私の横に座りながら、いつも通りの穏やかな表情を崩さない八尋さん。でも声色は明らかに落胆していた。

彼の期待を裏切ってしまったことに、チクリと胸が痛んだが、まだ話は終わっていない。

「黄泉にいなかったのは彼女だけではありません」

「というと？」

「花音さんもいなかったんです！」

二回まばたきをした後、八尋さんは細い目を大きく見開いた。

「まさか美乃里さんは、ノクターンは花音だったと言いたいのかい……？」

私は口を真一文字に結んでうなずいた。

「そんなバカな……」

「ええ、私もバカな考えだって自覚してます。でもこの可能性に賭けてみたいんです！」

ぐっと目に力を入れて八尋さんの瞳を見つめる。

目は口程に物を言う、ってことわざの通りに、決して冗談ではないことを言葉ではなく視線で訴えた。

八尋さんははじめ戸惑ったように黒目を左右に動かしていたが、しばらくしてから私の目を真っすぐ見つめ返してうなずいた。

「八尋さん。ひとつ教えてください」

「なんだい？」

「もし八尋さんが花音さんだったとしたならば、どこで八尋さんを待ちますか？」

八尋さんの目が再び泳ぎ始める。

頬はわずかに赤くなり、口元を右手で隠している。

明らかに苦しそう。

でも私は決意したのだ。

こうなったらとことん振り回す、と。

だから嫌われてもいい。

もう一歩踏み込む！

「八尋さん。愛する人が傷ついて前に進むことをやめてしまったら、あなたならどこでその人を待ちますか!?」

「やめてくれ……」

「やめません！　だって約束しましたから！　八尋さんにノクターンと会わせますと！

さあ、教えてください！　花音さんは今、どこにいると思いますか!?」

「やめろ！」

怒声をあげた八尋さんがカウンターをドンと右こぶしで叩いた。こんなに感情をあらわにした八尋さんは初めてだ。

でも怖じ気づかない。

八尋さんから目を離さなかった。

重い静寂が店内に漂う。

私の視線を嫌ったのか、八尋さんは席を立ち、キッチンの方へ歩き出す。

しかし、

カン。

高い音がカウンターに響いた瞬間に、八尋さんの足がピタリと止まった。

音のした方に目をやると、古びたカギがテーブルの上に置かれている。その横にはソラが立っていた。

「ここにいるんだろ？」

「……」

「黙ってたら何も進まないぞ」

八尋さんは長い手を伸ばしてカギを取った。

「分かりません……」

「だったら行って、確かめるしかないな」

そこで言葉を切ったソラはドアを勢いよく開けた。

冬の冷たい空気が店内に流れ込み、興奮で火照った頬の温度を奪っていく。

思わずぶるっと身震いする私の目の前で、八尋さんは身じろぎひとつせず、鼻で大きく息をしている。

そんな彼に対し、ソラが低い声で言った。

「美乃里は逃げなかったぞ。今度はおまえの番だろ。八尋」

その言葉に胸をドンと強く押されたような衝撃を覚える。

ソラが私のことを認めてくれた……。

今は八尋さんのことが大事なのに、嬉しさと驚きで鼻の奥にツンとした痛みが走る。ひとりでに背筋が伸びた。

そうしてしばらくした後、八尋さんは諦めたように首を横に何度か振った。

「コートと荷物を取ってきます」

そう告げてキッチンへ八尋さんが消えていったのを見計らって、私はソラに声をひそめて問いかけた。

「ねえ、さっきのカギ。いったい何のカギなの？」

ソラはにやりと口角を上げた。

「先に行けば分かる、ってやつだ」

そのセリフはさっき私が口にしたのとまったく同じだ。

いじわる！　っと口にしかけたところで、グレーのロングコートに身を包んだ八尋さんがキッチンから姿をあらわした。

その瞳は何かの覚悟を決めたように、強い光をともなっていたのだった。


川越から電車でおよそ一時間の小さな駅。そこから歩くこと十五分。大きな森のそばにある、小さな戸建ての前で八尋さんは立ち止まった。

家の中からは明かりがまったく漏れていない。

ここがどこなのか、八尋さんは何も言おうとしないけど、ひとつしか考えられない。

八尋さんが高校卒業まで母親と過ごした家だ。

「驚いたな。誰も住んでいないのに手入れがしてある」

黒い鉄製の門に手をかけた八尋さんがそうつぶやいた。

彼の後を追い、玄関に続く格子戸（こうしど）までゆっくり歩いていく。

ちらりと右を見ると、こぢんまりとした庭が目に映った。

「ここが花音の特等席だったんだ」

私の視線を追った八尋さんが柔らかな口調で言った。

短く刈られた芝が演芸の舞台のように白く浮き上がって見える。ただその中央にいるべき主役はいない。

哀しい微笑みを漏らした八尋さんは、例の古びたカギを格子戸の真ん中の鍵穴に入れて、右に回す。ガチャという音がした。カギを抜き、扉を右に引くと、ガラガラと音を立てて開いた。

当然、玄関は真っ暗だ。八尋さんが手さぐりで灯りのスイッチを探す。パチッという乾いた音と共に、周囲が温かみのあるオレンジ色に染まった。

「どうぞ」

八尋さんに促され、靴を脱ぎ、家に上がる。

古い家特有のにおいが鼻をつく。木の床はミシリと鈍い音を立てた。

右手にすりガラスの扉。そのドアノブに手をかけた八尋さんは、一度大きく深呼吸をした。

そしてぐっとその手に力を入れて、ゆっくりとドアを押した。

大きな窓から差し込む月の明かりが、部屋を青白く照らしている。

小広い部屋の中央には、グランドピアノがポツンと置かれており、その前に二脚の椅子が並んでいた。

そして窓とピアノの間。ついに見つけた。
一匹の黒猫――。
「ノクターン……」
八尋さんの声が震えている。
彼女は何も答えずに、黄色の瞳をじっと彼に向けている。
一歩、また一歩。
八尋さんがノクターンとの距離をつめていく。
彼女は黙ったまま、ひょいと椅子の上に乗り、右の前足をピアノの鍵盤蓋にかけた。
八尋さんが慣れた手つきで鍵盤蓋を開ける。
その直後、ノクターンは鍵盤の上に飛び跳ねた。
ポン。
低い音が珠となって弾ける。
余韻が残っているうちに、ノクターンは鍵盤の上で踊りはじめた。
まるで妖精のように。美しく、しなやかに。
音が数珠のように連なっていく。
八尋さんは崩れ落ちるように椅子に座った。
大きく見開かれた彼の目から、涙がしずくとなって落ちている。

彼は声を絞り出した。
「ハンガリー舞曲……。君と初めて一緒に弾いた曲……」
一度動きを止めたノクターンは、再びじっと八尋さんを見た。
言葉はない。
否、言葉はいらない。
八尋さんが高く右手を上げた。
ノクターンと目を合わせ、小さくうなずく。
右手を下ろし、白い砂浜に寄せるさざ波のような手つきで鍵盤に指を走らせた。
ノクターンが再び躍動する。

この部屋は雲ひとつない今宵の夜空のよう。音の星々がまたたく。
とたんに胸の中に春のそよ風が吹き抜けていく。

風が運んできたのは……。
喜びと感謝。
そして希望――。
静かに曲が終わる。

「ありがとう――」

八尋さんは天井を見上げてそうつぶやいた。

その横顔は今まで見たことがないほど幸せそうだった。

「黄泉へかえるぞ。ノクターン」

ノクターンがソラにつれられて消えていく。

八尋さんはピアノを弾いていた。

とても切ないけど、一筋の光が感じられるメロディー。

ショパンの『別れの曲』。

……と、その時。ふと脳裏に響いた女性の声。


――私は幸せだったよ。君と君のピアノに出逢えて。ありがとう、凛之助くん。さようなら。


涙と嗚咽が止まらない。

なぜなら分かっていたから。

彼がお別れしたのはノクターンと花音さんだけじゃない、と。

つまり彼は決別したのだ。

囚われていた後悔の牢獄と、太田八尋という、もうひとりの自分から——。

八尋さんの家が、誰も住んでいないにもかかわらず綺麗だったのは、かつて彼が所属していた音楽事務所の社長さんと、彼の母が働いていたピアノ教室の教室長さんが、暇を見ては掃除していたからだそうだ。

『いつ彼が戻ってきてもいいようにね。彼のお母さんからの遺言だったんだよ』

後に彼らを取材した茜がそう教えてくれた。

そして再び前に進むことを選んだ八尋さんに、彼らは復帰の場所を提供した。そこは八尋さんのお母さんが教えていたピアノ教室の発表会に使われる小さなホールだった。

どこから聞きつけたのか、会場にあらわれた茜と、私は一緒にコンサートを鑑賞した。

黒の燕尾服を着て、髪型を整えた八尋さんは、楓庵で働いている時とは別人のようで、とてもまぶしかったな。

全ての曲が終わった後に巻き起こるスタンディングオベーション。

この日の観客は彼の生い立ちを良く知る地元の人々ばかりだ。みんな目を真っ赤に腫らしていた。

私も目を潤ませながら、惜しみない拍手を送った。

これが八尋さんにとっての『新しい始まり』。

心の底から祝福すべきだ。

そんなことは分かっている。

でも新聞記者である茜の取材に応じる八尋さんを遠くで見ながら、胸がぎゅっとつかまれる痛みを覚えたのもウソではなかった。

翌朝、

『復活のノクターン！　八島凛之助　魂の演奏で聴衆を沸かす!!』

茜のつけたセンセーショナルな見出しがニュースサイトの地方版に出た。

その記事は百メートル走のスタートを告げるピストル。八尋さんの表舞台復帰を加速させる。

感覚を取り戻すための厳しいトレーニング。

業界誌などのメディアへの対応。

コンサートへのゲスト出演。

これまで静かだった八尋さんの日常は一変し、めったに楓庵に出てこなくなってしまった。

私が出勤しない月、火、水は休業となり、その他の曜日も夕方から閉店までのわずかな時間に顔を見せる程度。それでも疲れた素振りなんて見せずに、穏やかで優しかったな。

彼と過ごす時間はもうほとんど残されていない——。

そのことを忘れたくて、私はできる限り明るく振る舞っていた。

でもその日はついにやってきた。

復帰コンサートが終わってから、わずか数週間後。八尋さんの復活を心待ちにしていたファンは多く、元気な姿を見せるために、日本全国でリサイタルのツアーが組まれたのである。

その記者会見が行われた翌日の土曜日。

八尋さんは忙しいスケジュールの合間を縫って、夜七時から楓庵にやってきた。

「ごめんね、遅くなってしまって」

バツが悪そうに笑みを浮かべる八尋さんに対し、大きな声で返す。

「気にしないでください！」

最後のお客様を送り出した後、私たちはいつも通り、私の作った『特製チャーハン』に舌鼓をうった。

今日のお客様のことなど、他愛のない会話が続く。

私の愛する優しい時間が、ゆっくりと流れていった。

ずっとこのままでいたい——。

混じり気のない純粋な願いが、胸に浮かんでは消えていった。

食事後、八尋さんの淹れたコーヒーで一息つく。

ほどなくして、どことなく重い静けさが漂いはじめた頃——。

「八尋。もういい。ここまでにしておきな」

ソラの一言が凪の湖面に放たれた石のように波紋となって、店内に響いた。

この言葉がどんな意味なのか、八尋さんも私も分かっていた。

細い目をさらに細くして、じっとソラを見つめる八尋さん。

その視線から逃げる素振りもなく、鋭い眼光を返すソラ。

どうすることもできずに固まる私。

静寂を破ったのは午後十時を報せる壁掛け時計の鐘の音だった。

同時に八尋さんは椅子から立ち上がり、私とソラから少し離れた。

そして二人を見回しながら、静かに頭を下げたのだった。

「ソラ様。美乃里さん。僕の勝手ばかりで二人を振り回してしまい、本当に申し訳なかった」

私は慌てて手を振り、声をあげた。

「やめてください！　八尋さんに謝られる理由なんてひとつもないんですから！」

頭を上げた八尋さんは困ったような笑みを浮かべている。

「八尋。こういう時はな。『ありがとう』と『さよなら』だけでいいんだよ。ここで学んだだろ？」

ソラが床を指さして小首をかしげる。

彼の言う通りだ。

私たちはここ楓庵で学んだ。

大切な家族とお別れする時に、「ごめんなさい」はいらない。

なぜなら後悔を抱えたままお別れしたら、前には進めないから。

これまで共に過ごした幸せな時間に「ありがとう」を言い、それぞれの旅立ちを祝福しながら「さよなら」を言う。

それでいいのだ。

「ソラ様、美乃里さん。ありがとうございました」

「こちらこそありがとうございました！」

「……ありがとな」

八尋さんは一本のカギをカウンターに置いて、去っていった。

それは楓庵のドアのカギだった。

それから一週間がたち、先の予約がゼロになった日の夜。

「ねえ、ソラ。私たちどうしたらいいの？」

「店長がいないんじゃ、店なんてやってられねえだろ」

それがソラと交わした最後の会話となった。

こうして楓庵は閉店した。

たくさんの「ありがとう」と「さよなら」を見届けて——。

第五幕　よみがえりのノクターン【完】

# エピローグ

楓庵が閉店してから二か月がたった。

桜の季節はとうに過ぎ、街路樹の若葉が力強い緑に染まった、とある日曜日の朝。取材と称して東京に出てきた茜に「カフェにでも行こうよ」と誘われた。

先月、久しぶりに実家へ帰ったものの、忙しくて会えなかったことへの埋め合わせなんだそうだ。

でも実際は違っていて、妹の紗代から私の様子を聞いたからに違いない。

『店長がいないんじゃ、店なんてやってられねえだろ』

あの日以来、心に穴が空いたかのようだった。

何をするにしてもやる気が起きない。

実家に帰ったのも、どこか遠くへ行きたかったからであり、もし茜に「会いたい」と言われても断っていた。

現に実家での私はずっと自分の部屋にこもったまま三日間を過ごしたのである。

今は誰とも会いたくない。

どう断ろうかと悩んでいると、スマホに通知がきた。

『待ち合わせは川越のＯＩＭＯってカフェの二階ね！』

ＯＩＭＯと言えばソラと出会った場所だ。

まだ一年もたっていないのに、なんだかすごく懐かしい。

物欲しげに上目遣いでパフェを見つめていたソラの姿が脳裏に浮かび、口元が緩んだ。

そして……。

『いいよ』

ほとんど無意識のうちに、そう茜に返信していたのだった。


「ミノ、元気出しなよ！　カフェのことは残念だけど、本業の方は週休二日に戻ったって、紗代ちゃんから聞いたよ。お給料も元に戻るんでしょ？　だったらこれから新しいことを始めるチャンスじゃない！」

茜はお芋のパフェを頬張りながらそう言った。

でも私は取り繕うつもりも、強がるつもりもない。

「そうね」

短く返事をしただけで、窓の方を見る。

春のうららかな陽気に誘われたのか、灰色の猫が人混みの中を悠然と歩いているのが目に映った。首輪をしていないから野良猫だろうか。

「あ、もしかして八尋さんのことで悩んでるの？　彼、急に忙しくなっちゃったもんねぇ」

いやらしい口調。でも以前のようにかっと頭に血が上らない。

「そうみたいね。でも、忙しいのは悪いことじゃないと思うの」

からかいがいのない私を面白くないと思ったのか、茜は普段通りの軽い口調に戻した。

「ねえ、知ってる？　彼のリサイタルは『ペットと一緒に参加できる』みたいよ。飼い主にとってペットは家族だから、って理由なんだって！　やっぱり真のイケメンは顔だけじゃなくて、心もイケてるわよねぇ」

私の口元に自然と小さな笑みが漏れる。

ペットたちの前で楽しそうにピアノを弾く八尋さんを想像しただけで、胸が躍ったからだ。

でも心は晴れそうになく、分厚くて灰色の雲がかかったまま。

そんな私の心境などつゆ知らず、野良猫は通りをずんずんと進んでいく。茜の口もまた止まることはなかった。

「それにさ、彼だって別にミノのことを忘れたわけじゃないわ」

「どういうこと？」

「だから、いつかまた会える日がくるってこと！　その時がチャンスよ。久しぶりの再会ほど恋が燃え上がる時はないからね。一度つかんだ手は絶対に離さない、って言うの。でも結婚はダメ！」

「はあ……」

今の私に恋バナはまったく通じない、と茜はさとったのだろうか。

パフェの残りをペロリとたいらげた後、千円札二枚をテーブルの上に置いて立ち上がった。

「あ、ごめん。そろそろ行かなくちゃ。じゃあ、何かあったら連絡するのよ！　特に結婚したい相手が見つかったらすぐＬＩＮＥよ！　約束だからね！」

茜は慌ただしく去っていった。

自分から誘った割には正味一時間も一緒にいなかったと思う。

そう言えば彼女は、八尋さんの復帰の舞台裏を独占取材してから、大手の新聞社に引き抜かれたらしい。

忙しいにもかかわらず、私を心配して会いにきてくれたのだ。

とてもありがたいし、これからも彼女との友情を大切にしたいと心から思えた。

窓の外で、彼女が手を振っている。

私は「ありがとう」と大きく口を開けて言いながら手を振り返した。

嬉しそうにニコリと笑って、足早に駅の方へ向かう茜の姿が見えなくなったところで、私は彼女の言葉を反復した。

「約束……か……」

何気なく灰色の猫の方へ視線を戻す。

しかし次の瞬間、はっと息を呑んだ。

「えっ……?」

なんと猫が視線を合わせてきたのである。

まるで私に何かを訴えかけているようだ。

いったい何が言いたいのか。

せめて言葉が分かればいいのに……。

そう感じた時だった。

『言葉は使わなきゃもったいないし、素直な気持ちを口に出せばすっきりするからよ』

かつてソラに言われたことが頭の中をよぎったのだ。

ひとりでに目が見開かれる。

『じゃあ、約束だぞ!　これからは自分のして欲しいことは素直に言うってな!!』

して欲しいことを素直に言う……。

心を覆っていた分厚い雲が少しずつ散っていく。

雲間から漏れ出した光が徐々に体温を上げ、居ても立ってもいられずに立ち上がった。

伝票を持ってレジへ行き、会計をすませる。

「ありがとうございました！」

店員さんの明るい声に背中を押されながら外へ出た。

春の日差しが眩しい。思わず目を細める。

でも視界には猫の姿をしっかりととらえていた。

猫はついてこいと言わんばかりに、私から逃げていく。

人混みをかきわけながら足を前へ前へ動かしているうちに、今度は八尋さんの声が脳裏に響いた。

『美乃里さんはどうしたいんだい？』

『私がして欲しいこと』と『私がしたいこと』。

もう一度、猫が私の方を向いた。すると……。

――ミノ。勇気を出して！　前に進むの！

綾香の声が響いてきたのだ。

「まさか……。あの猫ちゃん……」
いや、猫の正体なんてどうでもいい。
八尋さんは囚われていた過去を捨て、前に進む決意をした。
じゃあ、私はどうなの？
私はどうしたいの？
まだ答えは見つからない。……いや、本当はとっくに分かっているはずなんだ。
八尋さんが楓庵を去ったあの日から。
ただ単にその覚悟と勇気が私になかっただけ。

――ミノは変わる必要なんてないよ。

違うよ。綾香。私は変わらなきゃダメなの。
私は私のことをもっと誇りに思いたいから。
そして、綾香や茜が自慢できる親友であり続けたいから！
自然と歩幅が大きくなる。猫の足も速くなる。
そうして三芳野神社の森に入ったところで、

「私はもう迷わない！」

行きついた答えが私の背に翼を与えた。とたんに足が軽くなる。

足場は悪い。でも私は疾風となり、木々の合間をすり抜けていく。

心から完全に雲が消えた。真夏の晴天のように光で満たされている。

いつの間にか猫の姿は跡形もなくなり、その代わり、今、目に映っているのは、ポツンとたたずむ古い建物。

木の看板には『楓庵』の文字。

ためらうことはない。

その扉を押した。

チリリン――。

涼やかな鈴の音が鳴り響く。

でもカウンターの隅でこちらに背を向ける少年は振り向かない。

だから私は大声で言った。

「私、ここの店長になりたいの！　だから手伝ってちょうだい！　ソラ！」

ゆっくりと振り返ったソラがニヤリと笑みを浮かべる。

「これを受け取れ」

彼は何かを私に向かって放った。

綺麗な放物線を描いて、私の両手におさまる。

見覚えがある……。

そうだ。これは楓庵のカギ。

胸が高鳴り、体温があがる。ひとりでに口が開かれた。

「よろしくね!!　ソラ!!」

大きくうなずいたソラは太陽のような笑顔を作った。

「これから忙しくなるぞ！　覚悟しとけよ！」

この瞬間にはじまったのだ。

私の新しい前進が——。

# ふたりのこれから

私が広告代理店を辞めて、楓庵の店長として店を切り盛りするようになってから、あっという間に一年が過ぎた。

はじめのうちは覚えることが多くて大変だったけど、ようやく店長の役割にも慣れてきて、今では多少のゆとりを持って仕事ができている……と思いたい。

私がいまいち自信が持てないのは、前の店長、八尋さんの影響なのは確かだ。八尋さんはどんなお客様に対しても綿毛のように包み込む笑顔を向けていたっけ。私にはまだまだそんな余裕はない。時々ソラにも「眉間に皺寄ってるぞ」と注意されるくらいだから……。

それでも仕事は楽しいし、前向きな毎日を送れている。

少しでも八尋さんに近づけるように、これからも頑張りたいな。

……ということで、今の私にとって仕事は問題ない。問題があるのはプライベートの方みたい。

八月のお盆の三日間は、ソラの都合で楓庵は臨時休業になった。いわゆる夏休みである。

台風の影響で電車が動かなくなったら大変だから――とってつけたような理由を自分に言い聞かせた私は、実家にも帰らず、家の中で動画サイトを見てはゴロゴロする日々を送っていた。

私は今年で三十。相変わらず彼氏はできていない。それどころか、前の職場の男性社員と時々ＬＩＮＥで連絡を取るくらいで、休みを合わせてお出かけするような仲良しの男友達すらいない。

『このままだと私……腐っちゃう』

って、茜にＬＩＮＥしたら、

『このまま腐っちゃいなよ。仕事で光ってればいいじゃん。その方が私にとっても都合がいいし！』

なんて酷い返しをされた。でも不思議と「それでもいいっか」と思えちゃってる自分がいるあたり、プライベートはもう腐りかけているのかもしれない。

そうして、夏休みの最終日。

寝間着のままスマホでゲームをしている最中に、ＬＩＮＥの通知を報せる音がした。

「誰からだろう？」

ゲームを中断して通知を見た瞬間、私は飛びあがった。

「や、八尋さん!?」

LINEの画面では『八島凛之助』という本名が表示されているけど、いまだに『八尋さん』という名で呼んでしまう癖が抜けていない。だって時々新聞や動画に出てくる八島凛之助よりも、楓庵で働いていた八尋さんの方が、私にとっては印象深いから。きっとこれからもずっと『八尋さん』と呼んでしまうに違いない。

と、名前の呼び方なんて今はどうでもいいことよね。八尋さんと最後にやりとりをしたのは去年の今ごろのこと。私が楓庵の店長を引き継いだ報告をしたっきりだ。

あの時は、

『ありがとう、美乃里さん。美乃里さんになら安心して楓庵を任せられるよ。頑張ってね。応援しているよ』

という温かいメッセージを貰って、私はアニメの人気キャラクターのスタンプで「任せてください」って返しただけ。後になって、もっと何気ない会話をすればよかったと後悔したけど、もう遅かった。

それ以降は世界的な超有名人相手に「最近元気ですかー?」みたいに気軽なメッセージを送れる勇気もなく、音信不通となってしまったのだ。

ところでどんな用事だろう……。

きっと「今度日本でコンサートをやることになったから、一応連絡しておくね」のような事務的なものだろう。それ以外で私にメッセージを送る理由もないし。

そんな風に冷めた感情で画面のメッセージを覗き込む。すると次の瞬間、目の前が真っ白になった——。

『一週間だけ休暇を取ることにしてね。その間は自宅のある日本で過ごすつもりなんだ。美乃里さんの都合がつく日でかまわないから、一緒に川越を散策してくれないかな？』

ど、どうしよう？

私は誰からもお出かけに誘われないから、こういう場合にどう返せばいいのか見当すらつかない。

「と、とりあえず……」

私は『了解です！』と書かれた人気キャラクターが陽気に親指を上げているスタンプで返すことしかできなかったのだった。

こうして私と八尋さんの川越散策が突如として決まった。

そもそも世界中を飛び回って、忙しい日々を送っている八尋さんが、せっかくの休みに、わざわざ私に会いにくる理由はただひとつしか思いつかなかった。

それは私が楓庵の店長としてちゃんとやれているか不安だからだ。

だったら私がすべきことはただひとつ。八尋さんに安心してもらえるよう振舞うこと。

そこで私は自分に三つのミッションを課した。

それは……、

『絶対に遅刻をしないこと』

『店長に相応しい気品のあるメイクをすること』

『散策コースを私が考えて、八尋さんをエスコートすること』

である。

ふふ。この三つさえしっかり守れば、八尋さんは絶対に安心してくれるはず。

一皮むけた私を八尋さんに見せるんだ！

楓庵が定休日の八月下旬の木曜日。

いつもなら休日は昼過ぎまでベッドでゴロゴロしている私。でもこの日は違った。

なぜなら今日こそが、八尋さんと川越散策をする日だからだ。

待ち合わせは昼の十二時に川越駅のコンコース。朝六時の五分前にパッと目覚め、六時にセットしたスマホのアラームを鳴る前にオフにする。

「よしっ！」

気合いを入れてベッドから出た後は洗面所へ一直線。顔を洗って、歯を磨く。

眠気は一切ない。それもそのはずだ。前日から『絶対に遅刻しないこと』を意識しすぎて、まったく眠れる気配すらなかったのだから。

パンを牛乳で流し込み、それからハチミツをかけたヨーグルトをペロリと平らげた後はメイクの時間だ。

あまりバッチリし過ぎると「今日はすごく気合い入ってます！」って伝わってしまう。実際に気合いは入っているのだけど……そこを見せないのが店長の気品ってものよね！

時間をたっぷりかけてナチュラルメイクに仕上げると、壁掛け時計の針は九時過ぎを指していた。

自宅は今でも志木。川越駅までは家を出てから三十分程度。だから十時半過ぎに洋服を選んで着替えれば、じゅうぶん間に合う。

ソファに深々と座って天井を見上げる。少しだけ落ち着いたら、急に眠気が襲ってきた。

「ちょっとだけウトウトしちゃおう……」

そうつぶやいたのが最後。私の意識は遠く彼方へ飛んでいった――。

「まずいっ!!」

ガバッと体を起こし、急いで時計に目をやる。十一時半だ！

「やばい、やばい!!」

急いで玄関へ向かって、先週買ったばかりの歩きやすいパンプスに手をかける。

「って、まだ着替えてなかった！」

もはや洋服を選んでいる場合ではない。こんな時に便利なのはファストファッションの全身コーデよね。黒ミニTシャツにブラウンのベルテッドジレ、白のカーゴパンツを合わせる。

「よし、これでOK！」

家を出てカギを締める。スマホを見れば十一時三十三分の表示が目に入る。

外に出ただけで汗がじわりとにじむほどの酷暑だ。しかしそんなことを気に留める余裕などなく、私は志木駅へ急いだのだった。

十一時五十九分に川越駅に到着するなり、ダッシュで階段を駆け上がる。そして駅の時計がちょうど十二時を指したその瞬間、川越駅のコンコースに転がるように飛び出した。

「ま、間に合った！」

ひとつ目のミッション『絶対に遅刻しないこと』は何とかクリアね。

両膝に手をついて荒れた息を整えながら、八尋さんの姿を捜して右を見る。

「いない」

だったら左はどうかしら？

「いない……」

それならば真正面は？

「いない！　よかったぁ」

息ぜえぜえ、汗だくだくで、髪ぐしゃぐしゃ……。こんな姿を見られたら、ドン引きされるのは間違いないもの。

ＬＩＮＥを開くと三十分前に「ごめんね。ちょっとだけ遅れます」とメッセージがきていたことに気づいた。きっと仕事が忙しいのだろう。今日ほど相手が遅刻してくれてありがたいと感じた日はない。

体を起こして、ほっと一息ついた。さあ、次は髪を整えて……と、その時。

「美乃里さん？」

なんと背中から八尋さんの声が聞こえてきたではないか。

「ひゃ、ひゃいっ！」

意外すぎる方向からの声に、せっかく引き始めた汗がぶわっと吹き出す。

「ごめんね、少し遅れちゃって」

いやいや、全然遅れてないですよ。むしろ私と同じ電車だったではないですか！

そう心で悲痛な叫び声をあげながら、微笑みを作って振り返る。

「お、お久しぶりです。八尋さん！」

出会った頃と変わらず穏やかな顔つきの八尋さん。けれど細い目がすぐに丸くなった。

「大丈夫かい？」

「え？　な、なんでですか？」

「いや、あの……よかったらこれ使うかい？」

そう言って八尋さんが取り出したのは、真新しいミニタオル。

ハンカチではない。ということは……まずいっ！

急いでスマホをインカメラにして鏡代わりにする。そこには滝のような顔汗で、せっかく時間をかけて仕上げたメイクがボロボロになった私が映っていたのだった……。

二つ目のミッション『店長に相応しい気品のあるメイクをすること』は完全に失敗してしまった。しかもメイク直しに駅ビルの洗面所に駆け込み、十五分も八尋さんを待たせる始末……。

このままだと八尋さんを失望させてしまう。

残るミッションはひとつ。『散策コースを私が考えて、八尋さんをエスコートすること』。これだけは確実に成功させねば――。

「よしっ！　大丈夫よ、私！」

鏡の中の自分にそう言い聞かせ、意気揚々とトイレを出た。駅のコンコースに戻ると、八尋さんはすぐに私に気づいてくれて、柔らかい笑顔を向けてくれている。相変わらず優しいなぁ。

私は汗がかかない程度の早足で駆け寄り、ペコリと頭を下げた。

「お待たせしました！　本当にごめんなさい！」

「はは、謝る必要なんてないよ。今日は時間を作ってくれてありがとう」

心地よい落ち着いた声。時々ニュース映像や新聞の写真で八尋さんを見かけたことはあるけれど、声を聞くのは本当に久々だ。なつかしくて、油断すれば泣いちゃいそう。でもこんなところで泣いたら余計に心配されてしまう。

笑顔を作ることで涙をこらえた私は、ぐっとお腹に力を入れて声を張り上げた。

「じゃあ、行きましょうか！　私が川越を案内します！」

「え？」

意外だったのか八尋さんが目をぱちくりさせて私を見つめている。私は八尋さんが何か言い出す前に言葉を続けた。

「私、八尋さんがお休みを楽しんでもらえるよう、散策コースを考えてきたんです！　だから今日は私に案内させてもらえないでしょうか？」

ちょっとだけ困ったように間を空けた八尋さんだったが、すぐに元通りの笑みを浮かべてうなずいてくれた。

「ありがとう。じゃあ、お言葉に甘えようかな」

川越のメインストリートと言えば『一番街(いちばんがい)』だ。

江戸時代から続く蔵造りの建物が続く通りで、歩いているだけでタイムスリップしたような気になれる。見ているだけで楽しいこの街並みの中に、「美味しい」と有名なお蕎麦屋さんがある。今日のランチはそこに決めている。

お蕎麦屋さんを出た後は、再び一番街のお散歩に戻り、川越のシンボル『時の鐘』に向かう。最初の『時の鐘』は江戸時代初期に建てられたと言われている。三層構造で十六メートルのこの建物は四百年近くも前から人々に時を告げてきたのだ。歴史ロマンを感じるにはうってつけよね。

『時の鐘』の横をゆっくりと通り過ぎた後に向かうのは三芳野神社。わらべ歌『とおりゃんせ』の発祥の地とも言われるこの神社を訪れる理由は言うまでもない。神社の森の奥に楓庵があるからだ。

元店長の八尋さんであっても、招待状がないと楓庵には入れないってソラが言っていた。だからせめて森の前に立ち、楓庵で働いていた時の思い出に浸って欲しい——そう考えたのだ。我ながらナイス演出だと思うの。

その後はお隣の川越城(かわごえじょう)を見て、川越氷川神社へお参りに行く。八尋さんと一緒に縁結び神様のところへ行って何を願うのかって？

べ、別に深い意味はない。これからも良い縁が続きますように、ってお願いするだけ！

ここまでで私の見立てでは午後三時。八尋さんは五時頃に川越駅を出なくちゃいけないって言ってたから、回るところは残り一か所。『ＯＩＭＯ』へとっておきのスイーツ『お芋パフェ』を食べに行くのだ。

八尋さんはお酒よりも甘いものが好きって聞いたことがある。だからいつか一緒にお芋パフェを食べに行きたいって思っていたのだけど、楓庵で働いているうちはそのチャンスがなかった。今日こそ千載一遇のチャンス。そう決めて、ランチは軽めのお蕎麦をチョイスしたわけだ。

これが私の考えた完璧な川越散策コース。

すべてを回ることができれば、絶対に八尋さんも楽しんでもらえるに違いない！

そう思っていたのだけど……。

出だしはすごく順調だった。人混みを避けて静かな裏道でのんびりお散歩。

ソラから「八尋に会うだって？　まあ、いいけどよ。いかに八尋とはいえ、おまえから楓庵のこと話すのはダメだぞ。理由は分かってるよな。……ただ、向こうから話題にしてきたら、その時は話してもかまわねえぞ」と釘を刺されている。それでも何気ない会話だけでもじゅうぶんに楽しい。

ゆったりした時に身を委ねているうちに、いつの間にか風情ある街並みに入った。一番街だ。

「わぁ、平日なのに人が多いですね！」

大学生とおぼしきカップル、海外からの観光客、家族連れ……楓庵への通勤にバスで通る道だけど、平日の昼にここを訪れたのは初めてだったから、想像以上の混雑にちょっと面食らってしまった。

「うん、すごくにぎわっているね。人が楽しそうにしているのを見ると、こっちまでワクワクしてくるね」

ちらっと左斜め上の八尋さんの横顔に視線をやる。いきいきとした表情だ。

ほんのり頬が赤くなっているのは、照りつける真夏の太陽のせいか、それとも一番街の熱気のせい。はたまた、私との散策が楽しいからかもしれない。そうだといいな。

「むふふ」

ひとりで勝手に幸せな気分に浸（ひた）ったのもつかの間、目に飛び込んできた光景に思わず笑みが引きつった。

なんとお目当てのお蕎麦屋さんの前に長蛇の列があるではないか。

待ち時間を店員さんに聞けば「一時間くらいですね」とのこと……。

「ど、どうしましょう……？」

この炎天下で一時間も八尋さんを待たせるわけにはいかない。かと言って、別に候補のお店があるわけでもない。

本当にどうしよう？

泣きそうになるくらい困惑した私に、八尋さんが何事もないように言った。

「はは。美乃里さんさえよければ、僕は別にかまわないよ。並んでいる間、ゆっくりお話でもしない？」

この言葉に救われた私の口元に自然な笑みが戻る。

「はい！　私もそうしたいです！」


お蕎麦屋さんに並んでいる間、そして美味しいお蕎麦をいただいている間も、私たちは色んなことを話した。

八尋さんは新しい猫ちゃんを日本の自宅で飼い始めたんだって。留守にしている間はハウスキーパーの方が見てくれるらしい。写真を見せてくれたのだけど、黒猫のノクターンとは違って、真っ白な毛並みの可愛らしい子猫に思わず胸がキュンと高鳴った。

その他にも出会った人々やご当地グルメのことなど、八尋さんの話を聞いているだけで私も世界中を旅している気分になった。

私の方の話は……楓庵のことが話せないとなると、本当に話題らしい話題がないと気づいた。あまりにも住む世界が違いすぎて共通点なんてひとつもないし……。

ん？　待てよ。確かソラは……。

『ただ、向こうから話題にしてきたら、その時は話してもかまわねえぞ』

って言ってたわね！

だったら八尋さんの方から話し出すように、私が仕向ければいいんじゃない！

と言っても、どう切り出せばいいかしら？

お蕎麦をズルズルとすすりながら考える。するとソラの顔がふと浮かんできた。

そうよ！　ソラよ！

さりげなく『共通の知り合い』の話題を振ってみよう。そうすればソラの名前が八尋さんの口から出てくるはず。あとは自然の流れで楓庵の話題になるに違いない。

「八尋さん。私たちの共通の知り合いについて話しません？」

切り出し方が思いつかず、ダイレクトに話を振ってみる。

目をぱちくりさせた八尋さんは、しばらく考え込んだ後、さらりと答えた。

「ああ、高橋（たかはし）さんのことだね。彼女、元気でいいよね」

高橋さん？　いったい誰のこと？

今度は私が目をぱちくりさせる。そんな私に八尋さんは一枚の名刺を差し出した。

「高橋……茜……。茜!!」

普段は下の名前しか呼ばないから、苗字をすっかり忘れてた！

「はは。そう茜さん。ちょっと前に、彼女に誘われて食事にいってね」

「え!?」

茜めぇぇ！　何も聞いてないぞ！

あの肉食系女子め。ついに八尋さんにまで手を出そうという気だな!?

「はは。もちろん名目は取材だけどね」

「で、ですよね！　じゃなきゃ茜が八尋さんを誘う理由なんてひとつもありませんもんね！」

ほっと胸をなでおろす。

「その時に美乃里さんのことをくれぐれもよろしく、と言われてね」

「へ？」

「恥ずかしながら、その一言で美乃里さんのことを思い出してね。このままじゃいけない、と思って、お誘いしたんだよ」

「そうだったのですか……」

まさか茜が今日のことをアシストしてくれていたなんて……。なんで言ってくれなかったんだろう？

そんな疑問をかき消すように、私の心の中を一抹の寂寥感の風が吹き抜ける。

だって、茜の言葉がなかったら、八尋さんは私のことを忘れてしまいそうだったって聞こえたから……。

次の言葉を失っていると、八尋さんが間をつなぐように声を出した。

「もう食べ終わったかな？　そろそろ出ようか。もうこんな時間だし」

八尋さんがお店の壁掛け時計を指さす。

「ぐぬっ！　に、二時半!?」

そんな馬鹿な！　私の計画ではお蕎麦をツルッと平らげて一時前には散策に戻る予定だったのに！

「は、早く行きましょ！」

お会計を済ませ、転がるようにしてお店を出る。

むわっと蒸し暑さが襲ってきたけど、気に留める暇などない。

「次は時の鐘の方へ向かいましょう！」

一番街の奥へと足を大きく踏み出す。

この時、再会した直後から感じていた違和感の正体に、私は気づきはじめていた。

でもその違和感を必死に否定したくて、私の足は自然と速くなっていたのだった。

時の鐘はお蕎麦屋さんから五分程度のところにあった。

写真で見るよりもずっと迫力があってグッときたけど、のんびりと鑑賞している間もなく、次の目的地に向かう。

このままだと川越城を訪れるのは無理ね。それに川越氷川神社も……。

でも三芳野神社だけは外せない。私の違和感を確信に変えるためにも——。

一番街を抜けてしばらく行くと、県内屈指の進学校の正門が見えてくる。その高校の周囲をぐるりと右回りにいく。右手にはのどかな住宅街が続いている。繁華街の喧騒から離れ、私たち二人の会話の声だけがあたりに響く。

お蕎麦屋さんを出てからおよそ十五分。その間もソラの名前を八尋さんの口から聞くことはなかった。

そしてついに三芳野神社の境内にやってきた。

「とても静かで趣のある神社だね」

八尋さんが石畳をゆっくりと歩き出す。私は後を追わず、その背中を黙ったまま、ただじっと見つめることしかできなかった。だって何か口に出そうものなら、涙があふれてきそうだったから。

まるで初めてここを訪れたかのような反応。

間違いない。八尋さんはもう忘れてしまったのだ。

三芳野神社の奥にある楓庵のことも、ソラのことも——。

「……ごめんね、美乃里さん」

拝殿の前に立った八尋さんが、こちらを振り返らずにぼそりとつぶやく。

私は何も言えずに、震えながら唇を噛みしめた。

もう耐えられないよ……。

一筋の涙が頬を伝う。

「何も覚えていないんだ。ノクターンが僕の前から姿を消したあの日からの数年間のことを」

ああ、やっぱり……。

「だったらなぜ私のことを」

振り絞った言葉はここで途切れた。でも八尋さんには私の質問の意図がしっかり伝わったようで、振り返って優しい視線を私に向けて答えた。

「ノクターンに再会した夢を見てね。その夢に美乃里さんがいたんだ。はじめは夢の中だけの人だと思ったんだよ。でも不思議なことにね。翌朝、次から次へと浮かんだんだよ。美乃里さんの笑った顔、困惑した顔、一生懸命な顔が――」

嬉しい、でもすごく悲しい。相反する感情が胸の中でぐるぐると渦巻いて、涙はとめどなく出るけど、言葉がまったく出てこない。

八尋さんはゆっくりと私に近づきながら続けた。

「それにね。もうひとつ不思議なことがあったんだ」

「もうひとつの不思議なこと……？」

私から二歩離れたところで足を止めた八尋さんは、ゆったりとした口調で告げた。

「夢の中で少年の声が何度も響くんだ。『美乃里を忘れるな！』、『美乃里を忘れたらただじゃおかねえからな！』ってね。それが一週間おきぐらいに何日も続いたんだよ」

ソラだ。

ソラが八尋さんと私の縁をつないでくれたんだ。

これまで以上に熱い涙があふれ出る。

泣きじゃくる私にそっとハンカチを差し出しながら、八尋さんは続けた。

「聞き覚えはない。でもなぜかとても懐かしくて……。その夢から覚めた朝は決まって枕に涙の跡があるんだ。きっと僕にとってその声の持ち主はとても大切な人で、その人が『忘れるな！』と言う美乃里さんも、同じくらい大切な存在に決まっている。でも――」

八尋さんの顔が苦しそうに歪んだ。私は涙を拭き、口を真一文字に結んで八尋さんを見つめる。

「どうしても美乃里さんのことを思い出せないんだ。どんな風に出会って、どんな時間を一緒に過ごして、そして、どんな風に別れたのかも……ごめんなさい」

頭を下げた八尋さんに、私はすぐさま声をかけた。

「八尋さん、ひとつ聞いてもいいですか?」

　ぱっと頭を上げた八尋さんは「ああ」と短く答える。私は乱れた心を落ち着けるように大きく息を吸った後、自分に言い聞かせるようにゆっくりと問いかけた。

「今日は楽しかったですか?」

　この日のために私が自分に課した三つのミッション。正直言って、まったく上手くいかなかった。だから「つまらなかった」と言われても仕方ない。でも……。

「とても楽しかったよ」

　八尋さんは透き通った笑顔でそう答えてくれた。

　肩の力が抜けると同時に、口角がひとりでに上がっているのが自分でも分かった。

「よかったぁ。鈍感な私でも分かっていました。八尋さんはすべて忘れてしまっているって」

「え?」

「ふふ、私こう見えてもペット同伴OKのカフェの店長をやってるんですよ。人とペットを見る目はあるんです」

「そっか……」

「だから不安で仕方なかったんです。私、へましてばかりだったから」

「へまだなんて。そんなこと一度も感じなかったよ」

「ふふ、やっぱり八尋さんは八尋さんのままですね」

「僕のまま？」

「はい！　誰にでも優しくて、おおらかで、穏やかな――私の大好きな八尋さんです！」

目を大きくして固まる八尋さんの横を通り過ぎ、今度は私が拝殿の前に立った。

その拝殿を見上げながら、今思っていることを正直に言った。

「私ね。誰かに忘れられてしまうことは、たいしたことではないと思っているんです。だって、人は忘れる生き物でしょ？」

八尋さんが私の横に立ち、私と同じように拝殿を見上げる。私は続けた。

「でもね。相手に忘れられてしまうと同時に縁が切れてしまうのは、とても悲しい。だってどんな人でも縁を結べたこと自体が奇跡みたいなものですもの」

「ああ、そうだね」

「でも残念なことに縁が切れてしまう人ってすごく多くないですか？　卒業とともに会わなくなった友達、転職した途端に連絡取らなくなった元同僚……共通の何かが終わった時点で、人間関係もさよなら――そういうのが、私はとても悲しい」

「そうだね……」

「八尋さんと私も同じです。共通の何かが終わった。けど今日こうして、久々に再会して、楽しいひと時を一緒に過ごせたことだけで私は満足なんです。今も縁が続いているんだ、って実感しましたから」

私は八尋さんの方に体を向けた。

人に嫌われたくないという理由で相手との間に壁を作ってきた私が、こんな風に素直に自分の気持ちを口にできたのは、他でもない、楓庵で八尋さんやソラと過ごした時間のおかげだ。

続けて私は、私たちのこれからのことを思い切って口にした。

「八尋さん。これまでのことは無理して思い出さなくてもいいです。その代わりに、これからも時々でいいので、今日みたいにのんびりとお散歩してくれませんか？」

八尋さんも私の方に体を向ける。そして、綿毛のように柔らかな口調で答えた。

「うん、もちろん。こちらの方からお願いしたいくらいだよ。これからも僕と縁を結び続けてくれるかな？」

答えるまでもない。

でも言葉に出すことに意味がある気がした。

だから私はありったけの大きな声を張り上げた。

「はい！　よろしくお願いします！」

びゅっとこの時期にしては珍しい乾いた爽やかな風が通り過ぎ、楓庵に続く森の木々を揺らす。

私はその風の行方を目で追いながらつぶやいた。

「ありがとう、ソラ」

八尋さんがきょとんした表情で首をかしげる。

「何か言ったかい？」

私はぴょんと拝殿の前から飛び出して、大きな笑みを八尋さんに向けた。

「いえ、なんでもありません！　さあ、散策のクライマックスはこれからですよ！　とびっきりのスイーツを食べに行きましょ！」

時刻は四時を回っている。

残されたわずかな時間を目いっぱい楽しもう。そうして八尋さんが忘れてしまった時を、今日から楽しい思い出で埋めるんだ。

私たちの関係がこれからどうなるかなんて知らない。でもこれだけは言える。

この縁を絶対に切らさない。十年後も、二十年後も。いつだって何気ないことで笑い合い、楽しい時間を共有できる関係を続けるんだ。

そう決意して、三芳野神社を後にしたのだった。

ＯＩＭＯでパフェを一気に平らげたのが四時五十分。八尋さん、とても喜んでくれたな。

小走りで駅の改札に着いたのが四時五十五分だった。八尋さんが乗車する電車は五時ちょうど発。あと五分しかない。でも八尋さんは慌てる様子など微塵も見せず、ちょこんと私に頭を下げた。

「今日はありがとう。とても楽しかったし、幸せな時間だったよ」

私も頭を下げる。

「こちらこそ、ありがとうございました！」

「じゃあ、また」

軽く手を上げた後、ゆっくりとその場を立ち去っていく八尋さん。その背中に私はもう一度声をかけた。私のもうひとつの決意を告げるために。

「ゆ、夢の中の少年のこと！」

振り返った八尋さんが目を大きくする。私は言葉を選びながら続けた。

「私、その人……いや、その神様のことを知ってるんです！」

「神様？」

そうよね。やっぱり八尋さんには忘れてほしくない。いえ、忘れてしまうのは仕方ないとして、せめて知って欲しい。

ソラという存在のこと！

「私、こう見えても神社オタクなんです！」

ごめんね、綾香。今だけあなたの肩書を借りるわ。

「だから私、八尋さんの夢に声を響かせた神様のこともよく知ってるんですよ！　今日は時間がないから教えられないけど、今度会った時はガッツリ語りますから！」

目をぱちぱちさせていた八尋さん。私の必死な形相を見てクスリと笑った。

「じゃあ、次会う時にガッツリ聞かせてもらうことにするよ。また連絡するね」

「わ、私からも連絡していいですか？」

「うん、もちろん。あ、そうそう。僕からもひとついいかな？」

時計は四時五十九分。「間もなく電車が到着します」というアナウンスが遠くから聞こえている。それなのになんだろう？

コクリとうなずいた私に、八尋さんは少しだけはにかみながら言った。

「僕も美乃里さんのこと好きだよ」

顔がカッと熱くなり、時間が止まったかのように固まってしまった私。

そんな私をしり目に八尋さんは早足で去っていった。

その日の夜。シャワーで汗を流して一息つくなり、私はドカリとソファに腰かけて、茜に電話で今日のことを話した。

「ミノ、勘違いしないで！　それは人として好きって意味だし」

「そんなの分かってるって。でも、誰かから好きって言われるのって嬉しいじゃない！」

「ふーん、だったら私が毎日言ってあげよっか？　ミノ、好きよって」

「ありがと！　冗談でも嬉しいかも」

「もうっ！　からかいがいのない人なんだから。あーあ、こんなことになるならアシストなんかしなきゃよかったかなー」

「本気で言ってる？」

「冗談に決まってるでしょ。私も嬉しいよ。ミノが幸せそうで」

「むふふ。ありがと。とても幸せ」

「あー、やっぱりちょっとムカつくかもー」

「どっちなのよ！」

そんなやり取りをしている間も、私は八尋さんにどうやってソラのことを知ってもらうかということに頭を悩ましていた。

「んで、どうしたの？　まさかのろけるためだけに電話してきたわけじゃないでしょ？」

やっぱり茜は私のことをお見通しみたい。

「あのね。ちょっと相談があるの」

「なに？」

「神様のことを一緒に調べてほしいの」

「どんな神様？」

「分からない」

「ちょっと！　分からないんじゃ話にならないじゃない！」

「でも神様であることは確かなのよ。その神様のことを八尋さんに教えてあげたいの」

「ふーん、なんだか訳アリって感じね。だったら何かヒントはないの？」

「ヒント？」

なにかあるかしら？

これまでの出来事をつぶさに思い出してみる。でもヒントになるようなことは何ひとつ思い浮かばなかった。だってソラはこれっぽっちも神様らしくないんだもの。

「せめて、呼び名とか」

ソラという呼び名を出しても意味がない気がする。もっと別の名を――。

「そうだ！　鳥取神様！」

黄泉に行った時に鳥取神様がソラのことを「ミイくん」って言っていたのを思い出した。

「鳥取神？　そこまで分かってるなら自分で調べられるじゃん」

うぅん、違うの。鳥取神様がミイくんって言ってたの、と話そうとしたところで、一度手を止めた。そんなことを言っても信じてくれるはずないものね。

「鳥取神様とミイって名前が関係しているはずなの」

「ミイ……ね」

「どうかな？　何か分かるかな？」

「さあ……。綾香ならまだしも、私は神様のことなんて全然知らないから」

「そうよね……」

しばらく互いに言葉が止まる。

沈黙が続く中、私の心の中ではとある考えが浮かんでいた。

そうしてついに覚悟を決めたその瞬間、私は大きな声で宣言した。

「私、綾香になるね！」

すると、

「ミノ、私が綾香の代わりになるから！」

ほぼ同時にまったく同じ決意の声が聞こえてきたのだ。

「あははは！」

「ははは！」

すごく可笑しくて笑いが止まらない。そして彼女も同じように感じているはずだ。

心の奥にいる綾香の存在を――。

「じゃあ、何か分かったらすぐに連絡するから」

「うん！　私からも連絡するね！」

「それまではダメよ。結婚なんてしたら！」

「するわけないでしょ！　おやすみ！」

「おやすみー」

電話を終えた後もしばらく余韻が残ったまま。私はソファから動かずに天井を見上げていた。

「綾香……。お願い、もう一度力を貸して！」

心の中の綾香がぷくりと頬を膨らませた。


――何を水臭いこと言ってるの？　私はいつだってミノの味方だって言ったでしょ！


そうだ。ずっと切れずに続いているんだ。綾香との縁も。

そして、これから綾香と茜と私の三人でつなぎ直すんだ。

八尋さんとソラの縁を。

そっと目を閉じた途端に、脳裏に憎たらしい少年の声が聞こえてくる。

「ったく、余計なお世話だっつーの。だいたいお前はいつだってなぁ……」

いつまでも続くその小言に心を委ねながら、心地よい眠りに落ちたのだった――。


（了）

# あとがき

愛くるしいペット（ポメラニアン）が、何か話したげに私の目をじっと見つめてくるとき、いつもこう思っていました。

「この子とお話ができたらなぁ」

そんな夢を物語にしたい――その想いが本作を執筆したきっかけでした。

物語を綴っていくうちに想いを強くしていったのは、ペットと人の関わり合いよりも、「人と人との縁の尊さ」でした。

ただでさえ希薄になったと言われていた人と人とのつながりが、コロナ禍のせいでより一層薄くなったように感じています。

人とのつながりは匿名のＳＮＳが中心。目の前の相手には心を開かず、仲の良い友人やパートナーと当たり障りのない人間関係しか築けない。普段から自分を助けてくれる人であっても、必要最低限の会話以外はしない。一歩でも仕事を離れれば、お世話になっている先輩や上司であっても赤の他人……それが現実ではないでしょうか。私はこの現実がとても悲しい。

「そで触れ合うも他生の縁」という言葉があります。どんなに小さな触れ合いであっても、何かの縁があるから起こる、という意味ですが、そこには「小さな縁であっても大事にすることの大切さ」を感じます。その言葉の通りに、少しでも縁のあった相手や、お世話になった相手を大事にし、相手を思いやってコミュニケーションを取っていくことが、自分の世界を広げていくことにつながるものだと信じています。

「古臭い考え方だな」と思われても仕方ないですし、実際に不快に感じる人もいるでしょう。それでも私はこの現実を変えたいと思います。

なぜなら小さな縁を大切にするコミュニケーションの輪が広がっていけば、世の中はもっと明るく、楽しくなると信じているからです。

この物語をお読みいただいた方の心に、私の切なる願いが届いたら幸いです。

最後に、すべての読者の皆様、さらに装画を担当くださったゆいあい様、本著の担当編集の方をはじめ刊行に尽力いただいた皆様に感謝しつつ、締めくくりの言葉とさせていただきます。

まことにありがとうございました。

友理潤

ことのは文庫

小江戸(こえど)・川越(かわごえ)
神様(かみさま)のペットカフェ楓庵(かえであん)
大切(たいせつ)なあなたに伝(つた)える、ありがとう。

2024年6月28日　初版発行

著者　友理 潤(ゆり じゅん)

発行人　子安喜美子

編集　田中夢華

印刷所　株式会社広済堂ネクスト

発行　株式会社マイクロマガジン社
URL：https://micromagazine.co.jp/
〒104-0041
東京都中央区新富1-3-7 ヨドコウビル
TEL.03-3206-1641 FAX.03-3551-1208（販売部）
TEL.03-3551-9563 FAX.03-3551-9565（編集部）

本書は、小説投稿サイト「エブリスタ」（https://estar.jp/）に掲載されていた作品を、加筆・修正の上、書籍化したものです。
定価はカバーに印刷されています。

ISBN978-4-86716-586-7　C0193
乱丁、落丁本はお取り替えいたします。